사피엔스 한국문학

중·단편소설

14

이호철

탈향
닳아지는 살들
판문점

사피엔스21

사피엔스 한국문학 중·단편소설 14
이호철 탈향

1판 1쇄 펴낸날 2012년 7월 6일
2판 1쇄 펴낸날 2019년 7월 25일

지은이 이호철
엮은이 구재진
펴낸이 최병호
본문 일러스트 이경하
펴낸곳 (주)사피엔스21
주소 10403 경기도 고양시 일산동구 중앙로 1233 현대타운빌 205
전화 031)902-5770 **팩스** 031)902-5772
출판등록 제22-3070호
ISBN 978-89-6588-136-0 44810
ISBN 978-89-6588-072-1 (세트)

＊파본은 교환해 드립니다.
＊이 책에 실린 모든 내용에 대한 권리는 (주)사피엔스21에 있으므로
 무단으로 전재하거나 복제, 배포할 수 없습니다.

이호철

- 탈향
- 닳아지는 살들
- 판문점

사피엔스 한국문학 중·단편소설 14 | 엮은이·구재진

사피엔스 한국문학 - 중·단편소설을 펴내며

　『사피엔스 한국문학』은 청소년과 일반 성인이 한국 문학을 대표하는 작가들의 대표 작품을 편하게 읽으면서도 한국 현대 문학의 흐름을 이해하는 데 다소라도 도움이 되도록 기획한 선집(選集)입니다. 이미 다수의 한국 문학 선집이 시중에 출간되어 있으나, 이번 선집은 몇 가지 점에서 이전 선집들과의 차별화를 시도하였습니다.

　첫째, 안정되고 정확한 텍스트를 독자에게 제공하는 데 주안점을 두었습니다. 문학 작품은 말 그대로 언어라는 실로 짠 화려한 양탄자입니다. 더군다나 한국 문학을 대표하는 작가들의 대표 작품들이라면 두말할 나위가 없겠지요. 이들 작품을 감상하는 데 있어서 정확하면서도 편안한 텍스트를 제공하는 것은 선집이 지녀야 할 핵심 덕목이라고 할 수 있습니다. 그래서 이번 선집은 각 작품의 최초 발표본과 작가 생애 최후의 판본, 그리고 가장 최근에 발간된 비판적 판본(critical version) 등을 참조하여 텍스트에 정확성을 최대한 기하되, 현대인이 읽기 쉽도록 표기를 다듬었습니다. 또한 낯설거나 어려운 낱말에 대한 풀이를 두어서 작품 감상의 흐름이 끊어지지 않고 작품에 자연스럽게 몰입할 수 있도록 편집하는 데 많은 노력을 기울였습니다.

둘째, 선집에 포함될 작가와 작품을 선정하는 데 고심에 고심을 기울였습니다. 물론 기존 문학 선집들의 경우에도 작가 및 작품 선정에 그 나름의 고심을 기울였을 것입니다. 하지만 문학 선집이라는 것은 시대의 흐름과 독자의 취향, 현대적 문제의식 등을 종합적으로 고려해야 하는 것이어서, 시간이 지나고 세상이 바뀌면 작가 및 작품의 선정 기준과 원칙도 달라질 수밖에 없습니다. 이번 선집은 이러한 점들을 고려하여 작가와 작품을 엄선하되, 오늘을 살아가는 청소년과 일반 성인들이 갖고 있는 문제의식 및 취향에 부합할 수 있도록 노력하였습니다.

셋째, 청소년을 위한 최선의 한국 문학 선집이 될 수 있도록 하였습니다. 오늘날 세상은 디지털 문명으로 매우 빠르게 흘러가고, 우리 청소년들은 입시의 중압감과 온갖 뉴미디어의 홍수 속에서 자칫 마음을 키우고 생각을 넓히는 데 소홀해지기 쉽습니다. 이러한 정보의 홍수와 경쟁의 급류 속에서 문학은 자칫 잃기 쉬운 성찰의 기회를 제공해 줍니다. 시대와 호흡하면서 인간의 삶이 제기하는 다양한 문제를 다채롭게 형상화한 작품을 읽으며, 그 작품 속에 그려진 세상과 인물에 공감하면서 때로는 충격을 받고, 때로는 고민에 휩싸이며, 그 속에서 새로운 자아를 발견하는 과정을 통해 청소년들이 깊은 생각과 넓은 마음을 키울 수 있을 것이라 확신합니다. 작품별로 자세한 해설을 달고 그 해설에서 문학 교육의 핵심 내용을 비중 있게 다룬 것 또한 청소년 독자를 위한 배려에서 비롯된 것입니다.

문학 선집을 엮는 일은 두렵고도 설레는 일입니다. 감히 작가와 작품을 고른다는 것도 두려운 일이었거니와, 이 선집을 시대가 요구하는 최고의 선집으로 만들어야겠다는 사명감도 이번 문학 선집을 엮는 과정에서 저희 엮은이들과 편집자들의 어깨를 짓누르는 한편 가슴 벅찬 기대를 품게 만들었습니다. 부디 이 선집으로 많은 이들이 한국 문학의 정수(精髓)를 만끽하길 바랍니다. 그리고 날카로운 질책과 따스한 성원을 아울러 기대합니다.

끝으로 이 자리를 빌려 물심양면으로 선집의 출간을 뒷받침해 주신 (주)사피엔스21의 권일경 대표 이사님 이하 편집부 직원 모두에게 감사를 드립니다. 또한 이 선집을 위해 작품의 출간을 허락하신 작가들과 저작권을 위임받아 여러 편의를 제공해 준 한국문예학술저작권협회 측에도 감사의 말을 전합니다.

엮은이 대표 _ 신두원

일러두기

●

1. 수록 작품은 최초 발표본과 작가 생애 최후의 판본, 그리고 가장 최근에 발간된 비판적 판본(critical version) 등을 참조하여 텍스트를 확정했습니다. 참조한 판본은 작품 뒤에 밝혔습니다.
2. 한 작가의 작품 배열은 청소년들의 눈높이와 문학사적인 지명도를 고려하여 그 순서를 정하였습니다.
3. 뜻풀이가 필요하다고 판단되는 낱말과 문장은 본문 아래쪽에 그 풀이를 달았습니다.
4. 표기는 원문에 충실히 따르는 것을 원칙으로 하되, 맞춤법과 띄어쓰기는 최대한 현행 표기법을 따랐습니다. 단, 해당 작가만의 개성이 묻어 있는 말이나 방언, 속어, 고어 등은 최대한 원문대로 살려 놓았습니다.
5. 위의 원칙들은 작가에 따라, 지문과 대화에 따라, 문체에 따라, 문맥에 따라 적용의 정도가 달라질 수 있습니다.

차례

간행사 ………………………………………… 4

탈향 ……………………………………………… 10

닳아지는 살들 ………………………………… 48

판문점 ………………………………………… 102

작가 소개 ……………………………………… 180

탈향(脫鄕)

이 작품 속에 등장하는 인물들은 6·25 전쟁으로 인해 어쩔 수 없이 고향을 떠난 사람들입니다. 낯선 땅 부산에서 생존해야 하는 이들은 서로를 의지하면서 함께 살아갑니다. 그러나 그들의 모습은 시간이 흘러가면서 변하기 시작하지요. 고향을 떠난 네 명의 인물들이 어떻게 변해 가는지를 살펴보면서 작품의 제목인 '탈향'의 의미에 대하여 생각해 봅시다.

하룻밤 신세를 진 화찻간은 이튿날 곧잘 어디론가 없어지곤 했다. 더러는 하루 저녁에도 몇 번씩 이 화차 저 화차 자리를 옮겨 잡아야 했다. 자리를 잡고 누우면 그런대로 흐뭇했다. 나이 어린 나와 하원이가 가운데, 두찬이와 광석이가 양 가장자리에 눕곤 했다.

이상한 기척이 나서 밤중에 눈을 떠 보면, 우리가 누운 화찻간은 또 화통에 매달려 달리곤 하였다.

"야야, 깨 깨, 빨릿……."

자다가 말고 뛰어내려야 했다. 광석이는 번번이 실수를 했다. 화차 가는 쪽으로가 아니라 반대쪽으로 뛰곤 했다. 내리고 보면

화찻간 화차(貨車)에서 사람이 타는 칸. 여기에서는 '화물을 싣는 칸'을 의미함.
화차(貨車) '화물 열차'를 줄여 이르는 말.
화통(火筒) 기차, 기선, 공장 등의 굴뚝. 여기에서는 '화통'이 있는 '기관차'를 뜻한다.
✿ 우리가 누운 ~ 달리곤 하였다 세워져 있는 화찻간을 찾아 자리를 잡아도 자고 있는 사이에 그 화찻간이 기관차에 연결되어 운행되고 있다는 것이다.

초량*제4부두 앞이기도 했고 부산진역 앞이기도 했다. 이 화차 저 화차 기웃거리며 또 다른 빈 화차를 찾아들어야 했다.

"야하, 이 노릇이라구야 이거 견디겐."

"……."

"에이 망할 놈의."

광석이는 누구에라 없이* 짜증을 부리곤 했다.

그러나 이튿날 아침이 되면 어김없이 넷은 가지런히 제3부두를 찾아 나갔다. 가지런히 밥장수 아주머니 앞에 앉아 조반*을 사 먹었다.

"더 먹어라."

"응."

"더 먹어."

"너 더 먹어."

꽁치 토막일망정 좋은 반찬은 서로 양보들을 했다.

어두운 화찻간 속에서 막걸리 사발이나 받아다 마시면, 넷이 법석대곤* 했다.

우리들 중 가장 어린 하원이는 늘 무언가 풀어헤치듯*,

"야하, 부산은 눈두 안 온다, 잉. 어잉 야야, 벌써 자니 이 새

초량(草梁) 부산광역시 동구에 있는 동. 초량에 부산역이 있다.
* 누구에라 없이 누구를 향해서가 아니라 혼잣말로.
조반(朝飯) 아침밥.
법석대다 법석거리다. 소란스럽게 자꾸 떠들다.
풀어헤치다 속마음을 거침없이 털어놓다.

끼, 벌써 자니. 진짜, 잉. 광석이 아저씨네 움물• 말이다. 눈 오
문 말이다. 뒤에 상나무• 있잖니? 하얀 양산처럼 되는, 잉. 한
번은 이른 새벽이댔는데 장자골집 형수, 물을 막 첫 바가지
푸는데 푸뜩 눈 뭉치가 떨어졌다, 그 형수 뒷머리를 덮었다.
내가 막 웃으니까, 그 형수두 눈 떨 생각은 않구, 하하하 웃
단 말이다. 원래가 그 형수 잘 웃잖니?"
광석이는 히죽히죽 웃으면서,
"토백이• 반원• 새끼딜, 우릴 사촌끼리냐구 묻더구나. 그렇다
니까, 그러냐아구, 어쩌구. 그 꼬락서니라구야. 이 새끼 벌써
취핸?"
조금 사이를 두어,
"야하, 언제나 고향 가지?"
두찬이는 혀 꼬부라진 소리로,
"이제 금방 가게 되잖으리."
"이것두 다아 좋은 경험이다."
"암, 그렇구말구."
"우리, 동네 갈 땐 꼭 같이 가야 된다, 알겐."
"아무렴, 여부 있니. 우리 넷이 여기서 떨어지다니, 그럴 수

움물 '우물'의 사투리. 물을 긷기 위하여 땅을 파서 지하수를 괴게 한 곳.
상나무 '향나무'의 사투리.
토백이(土--) '토박이'의 사투리. 대대로 그 땅에서 나서 오래도록 살아 내려오는 사람.
반원(班員) 한 반을 이루는 각 사람. 여기에서는 토박이와 함께 쓰여 작업장의 부산 사람들을 가
리킨다.

가. 벼락을 맞을 소리지. 허허허, 기분 좋다. 우리 더 마실까. 한 사발씩만 더, 딱 한 사발씩."

광석이는 쨍한 소리로 노래를 불렀고, 두찬이는 화차 벽을 두드리며 둔하게 장단을 맞추었다. 하원이는 자질구레한 심부름을 했다. 술을 한 병 더 받아 온다, 담배를 사 온다. 나는 곯아떨어져 잠이 들어 버리곤 했다.

어느 날 저녁 광석이는 작업반 반장을 끌고 왔다. 두찬이는 화찻간에 벌렁 누운 채 아는 체도 안 했다. 하원이는 귀빈˙이라도 온 듯이 퍽으나 대견스러워했다. 광석이는 술 몇 사발 값이나 내놨다. 하원이는 곧 술을 받으러 갔다. 겸해서 초 한 자루도 사 왔다. 그제야 두찬이는 마지못해 일어나 앉았다.

"이러구 어째 사노?"

반장이 지껄였다.

"이것두 다아 경험임넨다."

광석이는 공손히 대답했다. 그러자 두찬이는 벌컥 성난 소리로,

"참례˙ 마소."

"그러니 어떻게 해야잖나? 밤낮 이러구 있을라나."

"참례 말라는데, 참례할 거 머 있어? 남의 일에."

귀빈(貴賓) 귀한 손님.
참례(參禮) 말참례. 다른 사람이 말하는 데 끼어들어 말하는 짓. 여기에서는 다른 사람의 일에 끼어드는 것을 뜻한다.

"……."

반장은 조금 뒤에 곧 자리를 떴다. 광석이는 배웅까지 하고 돌아왔다.

"두찬이 넌 그리 고집을 부리니?"

"머이 고집이야."

"에이 참 딱해서."

"……."

"타향˙에 나와선 첫째, 사교성이 좋고 주변머리˙가 있어야 하는 긴데."

광석이는 혼자소리˙처럼 꿍얼댔다.

두찬이와 광석이는 스물네 살이었다. 그러나 두찬이 편이 네댓 살은 더 들어 보였다. 훤칠하게 큰 키에 알맞게 뚱뚱한 것이며, 검은 얼굴에 뒤룩뒤룩한˙ 눈, 두꺼운 입술, 술 사발이나 들어가면* 둔하게 왁자지껄하지만 여느 때는 통히˙ 말이라고는 없었다. 광석이는 키는 큰 편이나 조금 여위었고 까무잡잡한 바탕에 오똑 선 콧대, 작은 눈, 엷은 입술에 쉴 새 없이 날름거리는 혓바닥하며, 홀가분한 걸음걸이, 진득한 데라고는 두 눈을 씻고

타향(他鄕) 자기 고향이 아닌 고장.
주변머리 일을 주선하거나 변통하는 재주인 '주변'을 속되게 이르는 말.
혼자소리 '혼잣소리'의 사투리. 말을 하는 상대가 없이 혼자서 하는 말.
뒤룩뒤룩하다 크고 둥그런 눈알이 자꾸 힘 있게 움직이다. 또는 그렇게 되게 하다.
* 술 사발이나 들어가면 술을 마시면.
통히 도무지. 아무리 해도.

보자 해도 찾아볼 수 없었다. 하원이는 나보다 한 살 밑이어서 열여덟 살이었다. 어디서나 입을 헤에 벌리고 있곤 했다.

중공군°이 밀려온다는 바람에 무턱대고 배 위에 올라타긴 했으나, 도시° 막막하던 것이어서 바다 위에서 우리 넷이 만났을 땐 사실 미칠 것처럼 반가웠다.

야하 너두 탔구나, 너두, 너두.

배칸°에서 하루 저녁을 지나, 이튿날 아침에는 부산 거리에 부리어졌다.* 넷이 다 타향 땅은 처음이라, 마주 건너다보며 그저 어리둥절했다. 마을 안에 있을 땐 이십 촌 안팎으로나마 서로 아접° 조카 집안끼리였다는 것이 이 부산 하늘 밑에선 새삼스러웠던 것이다.

"야하, 이제 우리 넷이 떨어지는 날은 죽는 날이다, 죽는 날이야."

광석이는 몇 번이고 되풀이하여 지껄이곤 했다.

이럭저럭 한 달쯤 무사히 지났다. 그러나 고향으로 돌아갈 날은 갈수록 아득했다.° 이 한 달 사이에 두찬이는 두찬이대로, 광

중공군(中共軍) 중국 공산당에 딸린 군대.
도시(都是) 1. 도무지. 아무리 해도. 2. 이러니저러니 할 것 없이 아주.
배칸 뱃간. 배 안에 사람이나 짐을 싣기 위하여 만든 칸.
✽ 부산 거리에 부리어졌다 '부리다'는 '사람의 등에 지거나 자동차나 배 등에 실었던 것을 내려놓다'를 뜻하는 말로, 네 사람이 마치 짐처럼 부산에 내려졌다고 표현함으로써 전쟁 상황에서 어쩔 수 없이 부산에 오게 됐음을 말해 주고 있다.
아접(芽椄) 눈접. 나무를 접목하는 방법 가운데 하나. 여기에서는 '먼 친척'을 뜻한다.
아득하다 어떻게 하면 좋을지 몰라 막막하다.

석이는 광석이대로 남모르게 제각기 다른 배포가 서게 된 것은 (배포랄 것까지는 없지만) 그들을 탓할 수만 없는 일이었다. 쉽사리 고향으로 못 돌아갈 바에는 늘 이러고만 있을 수는 없다, 달리 변통을 취해야겠다, 두찬이와 광석이는 나머지 셋 때문에 괜히 얽매여 있는 것처럼 스스로를 생각하게 된 것이었다. 자연 우리 사이는 차츰 데면데면해지고, 흘끔흘끔 서로의 눈치를 살피게끔 됐다.

광석이는 애당초가 주착이 없다 할까 주변이 있다 할까 엄벙덤벙 토박이 반원들과 얼려 막걸리 사발이나 얻어 마시곤 했고, 주변 좋게 보탬을 해서 북쪽 얘기를 해 쌓고, 이렇게 며칠이 지났을 땐 어느덧 반원들은, 나나 두찬이나 하원이와는 달리, 광석이만은 오래전부터 사귀어 온 친구처럼 손을 맞잡고는,

"나왔나!"

"오냐, 느 형님 여전하시다."

"버르장머리 몬쓰겠다. 누구보고 형님이라 카노."

"자네 언제부터, 말버르장머리하곤, 허 요새 세상이 이래 노니."

배포(排布/排鋪) 머리를 써서 일을 조리 있게 계획함. 또는 그런 속마음.
변통(變通) 형편과 경우에 따라서 일을 융통성 있게 잘 처리함.
데면데면하다 사람을 대하는 태도가 친밀감이 없고 어색하다.
주착(主着) 주책. 일정하게 자리 잡힌 주장이나 판단력.
엄벙덤벙 주관 없이 되는대로 행동하는 모양.
얼리다 '어울리다'의 준말.

농담조로 수인사가 오락가락했으니, 나나 두찬이나 하원이는 광석이의 이런 꼴을 멀끔히 남 바라보듯 바라다봐야 했다. 광석이는 차츰 반원들과 얼려 와자지껄하는 데 더 재미를 느끼는 것 같았고, 날이 갈수록 자신만만해졌다.

그 꼴사나움은 이루 말할 수 없어 더더구나 주변 없고 무뚝뚝하고 외양보다 실속만 자란 두찬이는 저대로 뒤틀리는 심사를 지닌 채 다른 궁리를 차리는 모양이었다. 사실 이즈음부터 두찬이는 부두 안에서 얌생이를 해도 다만 밥 두 끼 값이나 골고루 나누어 주는 법이 없이, 일판만 나오면 혼자 부두 앞 틈 사이 샛길을 허청허청 돌아다녔다. 이런 두찬이는 으레 술이 듬뿍 취해 화찻간으로 돌아오곤 하였다.

하원이는 자주 울먹거렸다.

"야하, 부산은 눈두 안 온다, 잉."

하고 애스럽게 지껄이곤 했다.

되잖은 청으로 타령 같은 것을 부르는 두찬이의 취한 목소리가 바람결에 가까워 오면 화찻간은 무엇인가 덮어씌운 듯 조용해졌다.

"문 열어라."

수인사(修人事) 인사를 차림.
얌생이 남의 물건을 조금씩 슬쩍슬쩍 훔쳐 내는 짓을 속되게 이르는 말.
일판 일이 벌어진 판.
허청허청 다리에 힘이 없어 잘 걷지 못하고 자꾸 비틀거리는 모양.
애스럽게 문맥상 '아이스럽게, 아이같이'를 뜻한다.

드르르 문을 열면, 싸느다란* 부두 불빛이 푸르무레하게 화찻간에 찼다. 두찬이는 문간에 막아 서서, 비트적거리며* 한참을 허허허 웃어 댔다. 하원이는 한쪽 구석에서 또 울먹울먹거렸다. 화찻간으로 기어 올라온 두찬이는 헉헉 숨차 하면서 광석이부터 찾았다.

"야, 광석아, 이 새끼야, 이 새끼 어디 갔니?"

누운 채 광석이는 귀찮은 듯이 쨍한 목소리로,

"왜애, 왜 기래, 왜?"

"나, 술 마셨다. 나 오늘 얌생이 했다. 사아지* 두 벌, 근사하더라, 나 혼자 가지구 나 혼자 마셨다. 왜, 못마땅허니? 못마땅할 것 없어. 잉, 이 새끼야."

광석이는 발끈 일어나며,

"취했음 자빠져 잘 거지, 누구까 지랄이야. 어디 가서 혼자만 처마시군."

"말 자알 헌다. 그래 난 혼자만 마셨다. 넌 부산내기덜과 와자고오멘서* 마시구. 난 내 돈 내구 먹지만, 넌 술 사 주는 사람두 많두나. 원래 사람이 잘났으니까, 인심이 좋아서. 난 못 났구. 그렇지만 무서울 건 쬐외꼼두, 요만침두 없어. 두구 보

싸느다랗다 '싸느랗다'의 사투리. 물체의 온도나 기온이 약간 차다.
비트적거리다 몸을 제대로 가누지 못하고 약간 비틀거리며 걷다.
사아지 서지(serge). 무늬가 씨실에 대하여 45도로 된 모직물. 바탕이 올차고 내구성이 있어 학생복 등에 사용된다. 여기에서는 서지로 만든 옷을 뜻한다.
와자고오멘서 '와자하면서'의 사투리. 정신이 어지러울 만큼 떠들면서.

렴, 두구 봐, 보잔 말야."

하원이가 일어나 앉아 소리 내어 쿨쩍거리기 시작했다.

광석이는 갑자기 부러 악을 쓰듯 목대를 짜서,

"남쪽 나라 십자성은 어머님 얼굴……."

두찬이도 광석이에 지지 않고 온 화찻간이 떠나갈 듯,

"아, 신라의 밤이여, 아, 신라의 밤이여, 타아향살이 십 년에……. 씨팔, 어떻게 되나 보자꾸나, 될 대루 돼라, 이 새끼야, 이 새끼야, 이 쥑일 새끼야."

발길로 화차 벽을 텅텅 내찼다.

하원이는 어느새 엉엉 소리 내어 울었다.

초저녁에는 화차 지붕에 성깃성깃 빗방울이 들었다. 밤이 깊었는데도 두찬이는 아직 돌아오지 않는다. 화찻간에 누운 채 광석이는 또 하원이를 향해 수다스레 지껄였다.

길을 다녀도 점잖게 다녀라, 뭘 그리 음식점 안을 끼웃끼웃하는 거냐, 고구마를 사 먹으면 고구마만 먹을 거지 손가락까지 빨아 먹는 건 무슨 식이냐, 일판에선 좀 똑똑히 놀지 밤낮 토박

쿨쩍거리다 눈물을 조금씩 흘리며 작은 소리로 자꾸 울다.
부러 일부러.
목대 '목'을 속되게 이르는 말.
성깃성깃 여러 군데가 모두 사이나 간격이 꽤 뜬 듯한 모양.
듣다 눈물, 빗물 등의 액체가 방울져 떨어지다.
수다스레 쓸데없이 말수가 많은 데가 있게.

이 반원들에게 놀림감만 되는 거냐, 외투 호주머니에 두 손은 노상 찌르고, 털모자도 뭘 그리 꽉 눌러쓰고, 주둥아리에다가는 잔뜩 노끈까지 졸라매느냐, 부산서 그렇게 추워서야 이북에선 어떻게 견뎠느냐, 너 혼자라면 모르지만 괜히 너 때문에 우리 셋까지 망신하지 않느냐, 그러잖아두 반원들은 우리 넷을 사촌끼리처럼이나 여기는 판이 아니냐.

하원이는 통 말대답이라고는 없고, 어느새 나는 잠이 들었다.

"……야야, 깨, 깨, 화차가…… 빨릿."

화차 문을 드르르 열었을 땐, 낮은 바라크˙ 지붕 너머로 환히 널려 있는 부두 불빛이 모로˙ 움직였다. 벌써 제4부두 앞이었다. 차 가는 쪽으로 훌쩍 내리뛰었다. 차가운 축축한 자갈돌이 손에 닿았다. 엉거주춤하게 일어났을 땐 저만큼 앞에 누가 뛰어내리고 있다. 정신을 차리고 몸을 바로잡았을 때는, 어기정어기정 앞사람이 일어나고 그보다 더 앞에 누가 또 뛰어내렸다. 어느새 차는 삐그덕거리며 커브를 돌고 있었다. 그러자 분명히 저만큼 훌쩍 뛰어내리는 소리가 또 났다. 무엇엔가 휙 부딪치는 소리 같았다. 오싹 잔등˙에 찬 기운이 지나가자,

"아야야야 아야야 아이아 내 팔이야 내 팔이야아 아이구우 아야."

바라크(baraque) 막사(幕舍). 군인들이 주둔할 수 있도록 만든 건물 또는 가건물.
모로 옆쪽으로.
잔등 '등'의 사투리.

광석이 소리다. 앞으로 끌려가는 소리다 — 쉭 쉭 치끄덕 치끄덕—.

시뻘건 불빛이 까만 하늘에 기관차 머리끝을 선명히 내솟구었다가 다시 어둠 속에 묻혀 버렸다.

"아야야 아아아아."

칠흑의 어둠 속에서 누가 내 허리를 움켜잡았다. 두찬이었다. 어두무레한 저쪽에서 펑덩한 외투가 너펄거리며, 비트적비트적 하원이가 달려왔다. 곁에 와서는 여전히 포켓 속에 두 손을 찌른 채 멍청히 서 있다.

나는 후닥닥 그쪽으로 내닫기 시작했다.

"야!"

흠칫 돌아섰을 땐, 두찬이는 외투 포켓에 두 손을 찌른 채 외면을 하며,

"어디 가?"

"……."

"어디 가냐 말야, 가문 뭐하니?"

"머이 어째!"

"내버려 두구 우린 우리대루 가. 거기 가문 뭐한? 어떻게두 할 수 없잖니?"

내솟구다 내솟다. 산이나 건물 등이 위로 두드러지게 높이 솟다.
어두무레하다 어슴푸레하다. 빛이 약하거나 멀어서 어둑하고 희미하다.
펑덩하다 (무엇이) 옆으로 퍼진 모양이 둥그스름하고 널찍하게 여유가 있다.

다시 힐끗 내 편을 건너다보며,

"맘대루 해, 올람 오구 말람 말구."

두찬이는 그냥 반대쪽으로 저벅저벅 걸어가는 것이 아닌가. 나는 한참을 그 자리에 그냥 서 있었다. 와그적와그적 자갈돌을 밟고 가는 두찬이 발자국 소리를 한 발짝 한 발짝 와작와작 씹듯이 들었다.*

하원이는 흑흑 목을 놓고 흐느꼈다. 내 곁으로 와서 내 팔소매를 비틀어 움켜잡으며 광석이 쪽으로 끌었다.

"아이구야아 아이구야아."

화차는 이미 멀리 부산진 쪽으로 사라졌고, 광석이의 가라앉은 비명뿐이었다.

어느새 밤하늘은 활짝 개어 있었다. 바람이 일기 시작했다.

화차 바깥은 모진 바람이었다. 하원이는 한구석에서 또 쿨쩍거렸다.

애당초 나는 두찬이처럼 심술이 세다거나, 광석이처럼 주변˚이 좋다거나, 하원이처럼 겁이 많다거나 그 어느 편도 아니었다. 나는 이젠 우리 넷 사이가 어떻게 돼도 좋았다. 아직 나대로

✤ 와그적와그적 자갈돌을 밟고 가는 ~ 와작와작 씹듯이 들었다 광석이가 화차에서 뛰어내리다가 다쳐서 죽을지도 모르는 상황에 처해 비명을 지르고 있는데, 두찬이는 그 상황을 외면하고 반대편으로 걸어 버렸다. 그런 두찬이에 대한 '나'의 분노를 표현한 구절이다.
주변 일을 주선하거나 변통함. 또는 그런 재주.

의 뚜렷한 배포가 서 있는 것은 아니었지만.

그저 때로 하원이의 애원하는 듯한 애스러운 표정을 대할 때마다 섬뜩하게 뒷잔등이 차갑곤 하였다.[✤] 그러나 나는 번번이 외면을 하곤 했다. 나로서도 모를 일이었다. 하원이에 대하여 자꾸 미안함을, 막연히 책임감 같은 것을 느끼게 됐고, 그럴수록 우락부락[●] 웬 신경질이 끓어올랐다.

광석이나 두찬이도 이 점 비슷한 것 같았으나, 나에게만은 그다지 큰 부담을 갖는 것 같지는 않았다.[✤] 그러나 우리 사이도 처음 화차살이가 시작될 때보다 꽤나 어석버석해진[●] 것만은 틀림없었다. 이미 두 달이 지났으니까 그럴 만도 했다.

사실 나는 광석이 곁으로 갔을 때, 자조도 느꼈다. 또 어떤 자랑스러움도 느꼈다. 다만 이렇게 광석이 곁으로 온 바엔 광석이가 죽고 안 죽고는 내가 알 바 아니다. 광석이가 죽을 때까지 광석이를 지키고 있었다는 것을, 이 다음에 고향에 가더라도(갈 수만 있다면) 조금도 부끄러움을 느끼지 않고 떳떳할 수 있으리라.

하원이는 또 외투 포켓에 두 손을 찌른 채 쿨쩍쿨쩍 울었다.

✤ 그저 때로 하원이의 ~ 뒷잔등이 차갑곤 하였다 아직 어리고 마음도 약한 하원이가 '나'에게 의지하는 것에 대해 막연한 부담감과 책임감을 느끼고 있음을 나타내는 구절이다.
우락부락 성질이나 언행이 거칠고 난폭한 모양.
✤ 광석이나 두찬이도 ~ 같지는 않았다 광석이나 두찬 역시 하원이에 대해 막연한 책임감과 부담감을 느끼고 있으나 '나'에 대해서는 그렇지 않다는 뜻이다. 즉, '나'는 하원이처럼 의존적인 인물로 느껴지지 않았다는 것이다.
어석버석하다 관계가 어색하고 서먹서먹하다.
자조(自嘲) 자기를 비웃음.

나는 왼팔 중동˚이 무 잘라지듯 동강이 난 광석이를 등에 업었다. 하원이는 울음을 꿀꺽꿀꺽˚ 삼키면서 광석이 엉덩이를 받들고 뒤따라 섰다.

그렇게 이 화차로 일단 들어왔다.

한참 만에 광석이는 조금 정신이 드는 모양으로 어처구니없을 정도로 차악 가라앉은 침착한 목소리로 물었다.

"여기 어디야? 두찬인 어디 갔니?"

나는 서슴지 않고 받았다.

"병원에 갔어."

"병원에? 아이구 어떡하니. 팔 하나 갖구 먹구 살등 거.✿ 두찬이 빨리 안 오니?"

광석이는 벌떡 일어날 듯이 몸을 움직거리면서 다시 가쁘게 혁혁거리었다.

"우리 진짜 꼭 같이 가자, 고향 갈 땐. 두찬인 날 오해했는갑드라, 오해. 두찬이에게 할 말이 있는데, 어잉야, 너인 날 어드케 생각핸. 내가 머 어쨌단 말야. 야하, 너들 날 벌어 먹이간? 진짜 벌어 먹이간?"

이튿날 아침 광석이는 이미 죽어 있었다.

중동(中-) 사물의 중간이 되는 부분이나 가운데 부분.
꿀꺽꿀꺽 분한 마음이나 할 말, 터져 나오려는 울음 등을 억지로 참는 모양.
✿ 팔 하나 갖구 먹구 살등 거 아무것도 가진 것이 없이 오직 몸으로 하는 일을 하며 살아왔는데, 팔이 잘렸으니 이제 먹고살 일이 막막하다는 광석이의 심정을 표현한 구절이다.

작업모가 삐뚤어져 있고, 왼쪽 볼이 화찻간 바닥에 찰싹 붙어 있었다. 입술이 새하얬다. 그러잖아도 여윈 얼굴이 더 해쓱해졌다. 눈기슭엔 눈물이 아직 채 마르지 않고 있었다. 피가 여기저기 말라붙었다. 하원이는 손수건을 꺼내 조심히 턱을 문질러 줬다. 둘이서 그냥 일판으로 나갔다.

　두찬이는 쭈그리고 앉아 조반을 사 먹고 있었다. 조반을 먹고 나서 두 손으로 입술을 썩썩 문지르고, 담배 한 대를 피워 물었다. 두 눈을 잔뜩 으그러뜨리고 한쪽 볼을 치켜올리고 악착스럽게 뻐끔뻐끔 빨았다. 깊숙하게 뒤룩뒤룩한 눈알이 먼 곳을 바라보듯 가끔 하늘 한복판에 가 있었다.

　일판으로 들어서자, 늙수그레한 토박이 반원 하나가 불쑥 두찬이에게 물었다.

　"와 하나 없노. 그 잘 떠든 사람 하나 없네. 어디 갔나?"

　"좋은 데 갔소다."

　"좋은 데? 취직했나?"

　"……."

　"어디? 미군 부대나?"

　"……."

눈기슭　문맥상 '눈가' 정도의 의미로 쓰임.
으그러뜨리다　물건의 거죽을 찌그러지게 하다. 여기에서는 눈을 찡그리는 것을 뜻한다.

"잘됐구먼. 넌 안 가나?"

"……."

두찬이는 문득 고개를 돌렸다. 내 눈과 마주치자 휘딱 외면을 하고는 바다 쪽 등대를 멀거니 건너다보았다. 묻던 사람은 대통*을 뻑뻑 빨며 또,

"어딘고, 적기(赤崎)* 병기창* 앙이가?"

"……."

두찬이는 역시 대답이 없었다. 묻던 사람은 두찬이를 올려다보다가 대통을 시멘트 바닥에 탁탁 털고 일어섰다.

저녁 일을 마치고 부두 앞을 나왔을 땐, 두찬이는 또 온데간데없었다. 하원이가 곁에 오더니 내 허벅다리를 쿡 찔렀다. 흠칫 놀라 돌아다보았을 땐 거기 저녁놀이 싸느랗게 비낀 좁은 틈바구니 샛길로 두찬이의 뒷모습이 허청허청 걸어가고 있었다. 나와 하원이는 마주 바라보았다. 하원이는 또 울먹거렸다. 나는 외면을 했다.

화차 문을 열었으나 들어가기가 싫었다. 하원이가 먼저 들어갔다.

"잠들은가 부다 야."

어두무레한 화차 속, 외투 포켓에 두 손을 찌른 하원의 몸집

대통(-桶) 담배통. 담배설대 아래에 맞추어 담배를 담는 통.
적기(赤崎) 부산의 한 지명(地名). 홍곡산 산등성이가 부산만으로 돌출한 작은 곶.
병기창(兵器廠) 전쟁에 쓰는 기구인 병기를 만들거나 수리하는 부대.

이 휑하게 커 보였다. 하원이는 아직 광석이가 죽은 것을 모르고 있는 것이다.

"……."

나도 비로소 눈물이 두 볼을 스쳐 흘렀다. 당황해서 눈물을 닦으려 하자 하원이는 멀뚱히 나를 건너다보았다. 그제야 하원이도 울음이 터졌다. 나보다 더.

"너 왜 우니. 너 안…… 안 울문 나두 안 울지……. 흐흐흐……."

하원이는 울면서 이렇게 지껄였다.

"흐흐흐……. 울…… 울지 말자……. 잉…… 잉……."

하원이는 또 이렇게 겨우겨우 울음을 참아 넘기려고 애썼다. 나는 화찻간 바닥에 주저앉았다. 서러웠다. 죽은 광석이보다 이런 꼴을 당하고 있는 나 자신이, 또 저런 하원이 꼴이.

밤에는 보오얀 겨울 안개가 끼었다. 인근 판잣집에서 겨우겨우 삽과 괭이를 빌렸다. 거적때기에 광석이를 둘둘 말았다. 하원이는 엉엉 울었다.

밤이 깊어, 우리는 광석이를 맞들고 떠났다. 화차가 듬성하게 서 있는 틈을 빠져나가는 나와 하원이는 이런 말을 주고받았다.

판잣집(板子-) 판자로 사방을 이어 둘러서 벽을 만들고 허술하게 지은 집.
거적때기 헌 거적 조각.
　거적 짚을 두툼하게 엮거나, 새끼로 날을 하여 짚으로 쳐서 자리처럼 만든 물건. 허드레로 자리처럼 쓰기도 하며, 한데에 쌓은 물건을 덮기도 한다.

"날씨 꽨 뜨뜻하다야, 잉."

"그래."

"15번 하치(일터) 냉장배 나갔재?"

"어제 나갔잖니. 그 이치고(딸기) 맛 참 좋더라, 잉."

"그래, 참말."

한참 만에 또 하원이는,

"놀멘 가자야."*

"힘드니?"

"아아니."

"근데 왜?"

"야하, 이렇게 땀이 난다."

돌아오는 길에 불쑥 하원이는 또 말했다.

"두찬이 형 맘 좋은 줄 알았더니 나쁘더라, 그런 법이 어딨니?"

하원이는 어둠 속에서 다시 힐끔 건너다보고는 컬럭컬럭* 헛기침*을 했다.

이튿날, 이젠 제법 길어진 해가 뉘엿뉘엿 질 무렵이다.

두찬이는 불현듯이 우리 화찻간으로 돌아왔다.

---

* 놀멘 가자야 잠깐 쉬기도 하면서 가자.
컬럭컬럭 가슴 속 얕은 곳에서 조금 힘없이 거칠게 잇따라 울려 나오는 기침 소리.
헛기침 인기척을 내거나 목청을 가다듬거나 하기 위하여 일부러 기침함. 또는 그렇게 하는 기침.

"……."

"……."

　나는 반가웠다. 없는 것보다는 한 사람이라도 더 있는 게 아무래도 마음이 든든했다. 그러나 하원이는 내 허벅다리를 쿡쿡 찔렀다. 처음에는 웬 영문˙인지 몰랐다. 좀 만에야 두찬이를 떼어 놓고, 둘만이 어디 다른 데로 가자는 눈치인 것을 알았다. 나는 모르는 체했다. 하원이는 그냥그냥 내 허벅다리를 쿡쿡 찔렀다. 밤이 깊어도 두찬이는 누울 줄 몰랐다. 화차 벽에 기대어 앉아 연방˙ 담배만 거푸˙ 피웠다. 담뱃불을 들이빨˙ 때마다 두찬이 얼굴이 별나게 큼직하게 드러났다. 뒤룩뒤룩한 눈알이 조심스럽게 움직였다. 이따금 긴 한숨을 내뿜곤 했다. 왈칵 가래를 돋우어 드르르 화차 문을 열고는 내뱉기도 했다. 잠이 올 리 없었다. 숨 쉬기조차 어쩐지 힘이 들었다.

　얼마만큼 지나서 두찬이는 불쑥 거칠게,

　"야, 자니?"

　"……."

　나는 잠이 든 체했다. 구석에서 하원이는 울음을 삼키느라고 흑흑거렸다.

영문　일이 돌아가는 형편이나 그 까닭.
연방(連方)　연속해서 자꾸.
거푸　잇따라 거듭.
들이빨다　안쪽으로 빨다.

화차 벽에 부딪쳐 오는 바닷바람만이 애릉거렸다.

다시 세 사람의 생활이 시작됐다. 광석이가 있을 땐 그래도 더러 웃을 때가 있었으나 요샌 피차에 통히 웃을 일이라고는 없었다. 나는 가끔 혼자서 노래 같은 것을 불렀다.

"흘러가는 구름 저편……."

화찻간이 찌렁하게 울렸다. 그것으로 나는 조금 기분이 풀렸다. 그러나 두찬이는 싫은가 보았다. 상을 잔뜩 찌그러뜨리고 나를 건너다보곤 했다. 그러면 나는 노래를 뚝 그쳤다. 일 나갈 때가 되면 두찬이는 누운 채 화차 천장을 올려다보고 담배 한 대를 피웠다. 그러고는 나와 하원이를 깨웠다.

"일어나라, 일어나라구."

셋이 가지런히 일판으로 나갔다. 하원이는 노상 울먹거렸다. 내 허벅다리를 쿡쿡 찔렀다. 둘만이 어서 다른 데로 가자는 것이다. 그러나 나는 번번이 모르는 체했다.

일판에선 여전히 우리를 사촌끼리처럼이나 여겼다.

"사촌끼링교? 비슷하네."

처음 우리 넷이 부두 앞에 나타났을 때 가지런히 훑어보며 지껄였듯 지금도 저희들끼리 키들거리며 지껄이곤 했다. 그러고

애릉거리다 문맥상 '바람이 화차 벽에 부딪치는 소리'를 표현한 말인 듯함.
피차(彼此) 이쪽과 저쪽의 양쪽.
노상 언제나 변함없이 한 모양으로 줄곧.
키들거리다 웃음을 걷잡지 못하여 입속으로 자꾸 웃다.

는 북쪽 얘기를 하라고 자꾸 졸랐다. 두찬이는 해사하게 웃으면서 머리를 모로 젓기만 했다. 얘기할 줄 모른다는 뜻이리라. 풀이 죽은 낯색이었다. 일이 끝나면 셋이 가지런히 돌아왔다. 어두운 화찻간. 내가 가운데 눕고 두찬이와 하원이가 양 가장자리에 누웠다. 하원이더러 가운데 누우라니까 두찬이 모르게 아얏 소리를 지를 만큼 내 허벅다리를 꼬집어 뜯었다.

어느새 봄이었다. 아침저녁으로 초량 뒷산 마루에는 제법 아른아른한 기운이 어리었다.

며칠이 지난 어느 저녁이다. 밤이 어지간히 늦었는데도 두찬이는 돌아오지 않았다. 하원이는 기쁜 듯이 지껄였다. 여느 때의 하원이 같지 않게 활발스럽기까지 했다.

"두찬이 형 아주 간가 부다, 잉잉."

"……."

"야하!"

"……."

"넌 왜 늘 아무 말도 안 헌?"

"……."

"벌써 여긴 봄이다 야. 이북은 아직도 굉장히 추울 끼다."

"……."

해사하다 표정, 웃음소리 등이 맑고 깨끗하다.

"……?"

되잖은 청으로 타령 같은 것을 부르는 두찬이의 취한 목소리가 또 가까워 왔다. 하원이는 흠칫 놀라 또 내 허벅다리를 조심스럽게 찔렀다.

"문 열어라."

드르르 문을 열었을 땐, 싸느다란 부두 불빛이 푸르무레하게 또 화찻간에 찼다. 막걸리 병이 들려 있었다. 문간에 막아서서 비트적거리며 한참을 허허허 웃어 댔다.

"술 마셔, 술. 탁배기다 조오치! 안주? 여깄어, 있구말구, 안주 없이야 술이 있나, 암 있구말구, 허허, 이 새끼덜, 개구리들처럼 오그리구 누웠구나."

나는 서슴지 않고 술병을 받아 들었다. 나팔을 불었다. 괜히 다급하게 서둘렀다.

"하…… 하원아…… 넌, 넌 안 마시지?"

"난 마실 줄 몰라요."

"마실 줄 모르다니, 아직 술두 못 마셔? 자, 빨리."

내 손에서 술병을 빼앗아 하원이 쪽으로 갔다.

"난 마실 줄 모른단데, 힝힝."

하원이는 또 울먹거렸다.

되잖다 올바르지 않거나 이치에 닿지 않다.
청 어떤 물건에서 얇은 막으로 된 부분. 귀청, 목청, 대청, 피리청 등이다.
탁배기 '막걸리'의 사투리.

"놔요, 놔, 놓으란데. 내 손 쥐문 안 돼, 내 손 쥐문 안 돼."

나는 당황해서 큰 소리로,

"하원아, 마셔, 마시라는데, 어서."

"<u>흐흐</u>…… 응. 마실게, <u>흐흐흐</u>……."

한참 동안 조용했다. 별안간 두찬이 엉엉 울기 시작했다. 두찬이 우는 김에 하원이의 쿨쩍거림이 뚝 그쳤다.

"야."

두찬이 벌떡 일어나 앉았다. 화차 문은 열어젖힌 채였다. 어수선한 바람이 몰아들었다. 두찬이는 머리칼을 앞으로 흩뜨린 채 내 곁으로 다가왔다. 구석에서 하원이가 다시 소리 내어 흑흑 흐느꼈다.

"야, 너 오늘 죽여 버린다. 어잉 이 새끼야, 넌 왜 그때 혼자만 간. 왜 날 붙들지 않안. 부르지도 않안. 그리고 이제 와선 괄세˙야, 이 새끼야. 그땐 암말˙두 안 허군 이제 와서. 너 잘핸 것 같니, 잘핸 것 같애? 하늘이 내려다본다, 이 뻔뻔헌 새끼야."

다시 하원이 울음소리가 뚝 그쳤다. 두찬이는 내 무릎을 움켜잡았다. 그러나 다시 그냥 벌렁 뒤로 나자빠졌다.

"어잉, 이 쥑일 새끼, 개새끼, 취핸 줄 아니? 취할 탁˙이 있니? 이 개새끼야, 요렇게 정신이 말똥말똥하다, 말똥말똥해. 왜

괄세 괄시(恝視). 업신여겨 하찮게 대함.
암말 '아무 말'의 준말.
탁 '턱'의 사투리. 마땅히 그리하여야 할 까닭이나 이치.

넌 암말두 안 헌. 뛰디래[뚜드려] 잡든지 칼침을 주든지 하잖
구. 어허허허, 내, 이제 무신[무슨] 낯짝으로 동네 가간, 어허
허허……. 광석아아…… 광석아, 하아."*

두찬이는 벌렁 자빠져서 화차 안이 쩌렁쩌렁하도록 그냥 어
이어이 울어 댔다.

이튿날 아침 두찬이는 보이지 않았다. 부두 일판에 나가도 없
었다.

사흘쯤 지난 뒤, 어두운 화찻간 속에서 하원이는 지껄였다.
"야하, 우리 이젠 꼽대가리(밤낮을 거푸 일하는 것) 자꾸 해서
돈 좀 줴자. 그러구 저기 염주동 산꼭대기에다 집 하나 짓자.
거기 집 제두 일 없닝 기더라야.* 잉야 조카야, 흐흐흐 우습다.
진짜 우스워. 난 너두 두찬이 형처럼 그렇게 될까 봐 얼마나
떨언 줄 안. 광석이 아저씨두 맘은 좋은 폭•은 못 됐시야, 잉.
우린 동네 갈 젠 꼭 같이 가자. 돈 벌어서, 돈 벌문 말야, 시계
부터 사자, 어부러서.• 그까즌 거, 꼽대가리 대구• 하지 머. 광
석이 아저씨까 두찬이 형은 못 봤다구 글자마, 알 거이 머야,
너까 나만 암말두 안 헌 담에야. 그저 대구 못 봤다구만 글자

---
* 어잉, 이 쥑일 새끼 ~ 광석아아…… 광석아, 하아 두찬이는 죽을 위기에 처해 있었던 광석
이를 외면하였다는 자책감과, 그때 광석이에게 함께 가자고 강경하게 말하지 않은 '나'에 대한 원
망을 한꺼번에 토로하고 있다.
* 거기 집 제두 일 없닝 기더라야 거기에 집을 지어도 아무런 문제도 없다.
폭 '편'의 뜻을 나타내는 말.
어불리다 '어우르다'의 사투리. 여럿을 모아 한 덩어리나 한판이 크게 되게 하다.
대구 '대고'의 사투리. 계속하여 자꾸.

탈향

마. 낼부터 나 진짜 꼽대가리 할란다. 잉, 조카야, 우습다. 잉? 이케(이렇게) 잠이 안 온다야. 우리 오늘 밤, 그냥 밤새자. 술 마시까, 술?"

나는 그저 나도 모르게 이런 말을 지껄이고 있었다.

"바람도 없이 내리는 눈송이여, 아, 눈송이여."

무엇인가 못 견디게 그리운 것처럼 애탔다. 그러나 누가 알랴! 지금 내 마음 밑속에서 일어나는 돌개바람 같은 것을……. 아, 어머니! 이미 내 마음은 하원이를 버리고 있는 것이다. 순간 나는 입술을 악물었다. 와락 하원이를 끌어안았다. 눈물이 두 볼에 흘러내렸다. 하원이는 흐흐흐 웃었다. 지껄였다.

"이 새끼 술도 안 먹구 취했. 참 부산은 눈두 안 온다 잉, 눈두. 이북 말이다. 눈 오문 말이다. 눈 오문 말이다. 광석이 아저씨네 움물 말이다. 야하, 굉장헌데. 새벽엔 까치가 울구, 그 상나무 있잖니. 장자골집 형수 원래 잘 웃잖니. 하하하 하구. 그 형수 꽤나 부지런했다. 가마이 보문, 언제나 새벽에 젤 먼저 물 푸러 오군 하는 게 그 형수더라, 잉. 야하, 눈 보구 싶다, 눈이."

■ 「문학예술」(1955. 7) ; 『이호철 전집 1 – 판문점』(청계, 1988)

밑속 밑바닥의 깊은 속내.
돌개바람 회오리바람.
✤ 지금 내 마음 밑속에서 일어나는 돌개바람 같은 것을…… 갑자기 마음속에서 어떤 생각이 회오리바람이 치듯이 강렬하게 떠오르고 있음을 뜻하는 구절이다.

탈향 **작품 해설**

● 등장인물 들여다보기

나

이북에 살다가 6·25 전쟁으로 인해 월남한 열아홉 살 청년입니다. 중공군이 밀려온다는 소식에 무작정 남으로 가는 배를 탔고, 거기서 같은 고향 사람인 광석이, 두찬이, 하원이를 만나게 됩니다. 그리고 부산역 근처의 화찻간에서 함께 살아가며 노동을 하여 생계를 유지합니다. '나'는 스스로 "두찬이처럼 심술이 세다거나, 광석이처럼 주변이 좋다거나, 하원이처럼 겁이 많다거나" 한 인물이 아니라고 말합니다. 그래서 특별한 개성이 없는 것처럼 보이기도 합니다. 그러나 '나'는 다른 인물들과는 달리 자신이 처한 상황을 객관적으로 바라보고 어떻게 할 것인가를 이성적으로 생각하는 인물입니다. 예를 들어, 부산에 온 지 한 달쯤 지나서 광석이와 두찬이가 자기 나름대로 살 도리를 찾고 있는 것을 알아차리지만 그것을 탓하지 않습니다. 더 나아가 광석이와 두찬이 사이에서 벌어지는 갈등이나 광석이의 죽음을 바라보는 태도는 냉정하기조차 합니다. 광석이가 죽고 두찬이도 사라진 상황에서 전쟁이 쉽사리 끝나지 않아 고향으로 돌아가는 일마저 아득해지자, '나'는 결국 하원이와 결별하기로 마음먹습니다. 고향에 연연하지 말고 부산에 정착해 타향살이를 계속해야 한다는 것을 깨닫고 현실적인 결단을 내리는 것입니다.

광석이

이북에 살다가 6·25 전쟁으로 인해 월남한 스물네 살 청년입니다. "키는 큰 편이나 조금 여위었고 까무잡잡한 바탕에 오똑 선 콧대, 작은 눈, 엷은 입술에 쉴 새 없이 날름거리는 헛바닥이며, 홀가분한 걸음걸이"를 가진 광석이는 진득하지 못한 성격을 지니고 있습니다. 또한 말이 많고 사교성이 좋을 뿐만 아니라 상황 판단도 빠른 편입니다. 월남하여 낯선 타향인 부산에 도착하자, 광석이는 "우리 넷이 떨어지는 날은 죽는 날"이라고 몇 번이고 중얼거리곤 했습니다. 그러나 월남한 지 한 달쯤 지나자 같이 월남한 고향 친구들보다 함께 일하는 토박이 반원들과 어울려 지내는 일이 많아지면서 자신만만한 모습을 보이게 됩니다. 그러던 어느 날 달리는 화차에서 빨리 뛰어내리지 못하여 화차에 팔이 끼어 잘리고 이 사고로 인해 죽게 됩니다. 광석이는 타향에서 살아남기 위해 적극적이고 약삭빠른 모습을 보이지만 결국 비극적인 죽음을 맞게 되는 인물입니다.

두찬이

이북에 살다가 6·25 전쟁으로 인해 월남한 스물네 살 청년입니다. 광석이와 동갑이지만 네댓 살은 더 들어 보입니다. "훤칠하게 큰 키에 알맞게 뚱뚱한 것이며, 검은 얼굴에 뒤룩뒤룩한 눈, 두꺼운 입술"을 가진 두찬이는 성격이나 행동 면에서 광석이와는 대조적입니다. 술을 마실 때를 제외하곤 통 말이 없고 사교성도 없어서 무뚝뚝합니다. 그는 처음에는 함께 월남한 광석이나 하원이, '나'

와 잘 지냈으나 광석이가 자신들보다 부산 토박이 반원들과 더 많이 어울리게 되자 배신감을 느끼고 광석이와는 다른 방식(남의 물건을 조금씩 슬쩍슬쩍 훔치고, 그것으로 혼자 술을 마시고 다님)으로 실속을 차리기 시작합니다. 심지어 광석이가 달리는 화차에 끼였을 때에는 급히 광석이에게로 향하는 '나'에게 내버려 두라고 말하고 광석이를 외면합니다. 결국 광석이가 죽자 그 죄책감으로 '나'를 원망하기도 하고 광석이를 부르며 울면서 괴로워하기도 하지만, 결국에는 '나'와 하원이를 떠나갑니다. 그런 점에서 두찬이 역시 타향에서 살아남기 위해 고향 사람들과 인연의 정을 끊어 내는 인물이라고 할 수 있습니다.

하원이

월남한 네 명의 친구들 가운데 가장 어린 열여덟 살의 청년입니다. 나이가 어린 하원이는 겁도 많고 마음도 약하며 울기도 잘합니다. 부산은 눈도 안 온다면서 눈이 보고 싶다고 울먹거리는 모습이나, 고향에 있을 때 새벽에 가장 먼저 우물물을 푸러 오던 형수에 대한 이야기를 반복하는 모습은 하원이가 얼마나 고향에 돌아가고 싶어 하는지를 보여 줍니다. 그러나 순수하지만 약하기 때문에 다른 사람에게 의존하는 인물이기도 합니다. 이 점 때문에 다른 인물들은 하원이에게 막연한 책임감과 함께 부담감을 느끼는 것입니다.

작품 Q&A

"선생님, 궁금해요!"

Q 이 작품의 시간적, 공간적 배경에 대해 설명해 주세요.

A 이 작품의 시간적 배경은 1950년대입니다. 6·25 전쟁이 발발한 시기이지요. 어느 나라, 어느 시대에 발발하였든 전쟁은 인간의 삶을 송두리째 파괴하는 폭력입니다. 그러한 전쟁 가운데서도 특히 6·25 전쟁은 같은 민족인 북한과 남한이 싸웠다는 점에서 특별한 성격을 지닌 전쟁이었습니다. 북한에서 남한으로 피란을 내려온 사람이나 남한 내에서 피란을 내려온 사람이나 모두 피란민이라는 점에서는 동일한데도 북한에서 남한으로 피란 온 월남인들에게 6·25 전쟁이 더욱 비극적인 것은 이 때문입니다. 북한에서 내려온 피란민들은 오래지 않아 전쟁이 끝나 북한으로 돌아갈 것이라 생각하고 내려왔지만 전쟁은 몇 년간 계속되었고, 휴전이 된 뒤에는 삼팔선으로 가로막혀 북한으로 돌아갈 수가 없게 되었지요. 이렇게 월남인들에게 1950년대는 실향의 시기임과 동시에 타향에서의 힘겨운 삶이 시작되는 시기였습니다. 이 작품은 특히 1950년 10월 중공군이 참전한 이후인 1950년 겨울에서 다음 해 초봄까지를 시간적 배경으로 하고 있습니다.

이 작품의 공간적 배경은 부산입니다. 1950년대 부산은 특별한 의미를 지니는 공간이었지요. 그때의 부산에는 원래 부산에서 살았던 사람들뿐만이 아니라 북한에서 월남한 사람들과 서울을 비롯한 남한의 다른 지역에서 내려온 피란민들이 뒤섞여 있었습니다. 부산은 실제로 폭격과 전투가 일어나고 있는 곳에서 멀리 떨어진 곳인 데다가 기차와 배가 모두 닿는 곳이었기 때문입니다.

'나'와 광석이, 두찬이, 하원이는 부산역에 정차해 있는 화찻간에서 살고 있습니다. 부두 하역장에서 노동을 하면서 근근이 먹고 사는 그들에게는 거처를 마련할 여유가 없었기 때문이지요. 화찻간에서 산다는 것은 지금과 같은 상황에서는 생각조차 할 수 없는 일이지만, 당시는 전쟁 상황이어서 가능했던 것 같습니다. 네 사람은 화찻간에서 술도 마시고 같이 일하는 반원들을 데리고 오기도 하는 등 화찻간은 이들의 생활 공간이 됩니다. 그런데 이 화찻간은 언제 기관차와 연결되어 출발할지 알 수가 없습니다. 그래서 잠을 자다가 화찻간이 움직이면 뛰어내려야 하는 위험한 상황에 처하기도 합니다. 이런 면에서 볼 때 화찻간은 고향을 잃었지만 아직 타향에 정착하지 못한 과도기적인 상태, 즉 피란 온 월남인들의 삶의 불안정성을 상징적으로 보여 주고 있다고 하겠습니다.

Q '나'를 비롯한 네 사람은 서로 떨어지지 말고 고향에 갈 때 꼭 같이 가고자 했었는데, 부산에서 살면서 조금씩 변하는 것 같아요. 변하는 이유와 과정을 설명해 주세요.

A 중공군이 밀려온다는 소식에 무작정 피란 가는 배에 올랐던 네 명의 청년은 같은 마을에 살았던 서로를 알아보고 기뻐합니다. 부산에 내려와서 부두의 하역 일을 하면서 겨우겨우 살아갔지만,

꽁치 토막일망정 좋은 반찬은 서로 양보하며 사이좋게 지냈습니다. 비록 화찻간에서 살아갈망정 다른 사람들이 그들을 사촌간이라고 알 정도로 가까웠고, 고향에 갈 때는 꼭 같이 가자고 말하곤 했지요. 그들은 같은 고향 사람들로, 부산이라는 낯선 곳에서 일종의 공동체를 만들었던 것입니다. 그러나 한 달, 두 달이 지나가면서 네 사람은 점점 다른 마음을 먹게 됩니다. 이들에게 주어진 환경이 처음 생각했던 것과는 달리 '더불어 살 수 없는' 환경이었기 때문입니다. 우선 그들의 공동체 의식은 북한에서 한 고향에 살았기 때문에 유지되었던 것인데, 고향에 갈 수 없게 되면 이 공동체는 더 이상 의미를 지니지 못하게 됩니다. 그런데 전쟁이 길어지면서 네 사람이 꿈꾸던 귀향이 점점 불가능한 일이 되어 가고 있었습니다. 따라서 고향에 돌아가지 못하면 자기 실속을 차려서 부산에 정착해야 하는데, 그러자니 다른 사람들이 짐스러운 상황입니다. 그래서 광석이는 부산 토박이들과 어울리면서 부산에 정착하는 방향으로 나아갔고, 두찬이는 얌생이를 하면서 저 살 궁리를 하는 방향으로 나아가게 된 것이지요. 이렇게 공동체는 해체의 조짐을 보이게 됩니다. 그리고 광석이의 죽음을 계기로 다른 사람에게 의존적인 하원이조차 사고 당시 광석이를 외면했던 두찬이와 함께 살기를 원하지 않게 되면서 이 화찻간 공동체에는 '나'와 하원이만 남게 됩니다. 그러나 결국에는 '나'도 순수하지만 약하고 의존적인 하원이를 버리겠다는 결심을 하게 되지요. 하원이를 버리는 일이 자신이 살 수 있는 길이라는 것을 깨달은 것입니다. 이렇게 이 작품은 함께 월남한 네 명이 세 명이 되었다가 두 명이 되고 결국 혼자가 되는 과정을 통해 월남한 청년들이 예전 고향의 공동체적 관계를 벗어나 타향에서 홀로 서게 되는 과정을 보여 주고 있습니다.

Q 마지막 장면에서 '나'는 왜 하원이를 버리려 할까요? 그리고 하원이를 버리기로 결심하면서 왜 어머니를 부르며 울까요?

A 앞에서 설명했듯이 이 작품의 결말은 하원이를 버리겠다는 결심을 통하여 '나'가 마침내 홀로 서게 됨을 보여 줍니다. 하원이는 '나'에게 마지막으로 남은 고향 사람입니다. 더구나 하원이는 착하고 순수하지만 겁도 많고 마음도 약합니다. 그리고 다른 세 사람과 달리 툭 하면 고향 생각에 훌쩍거리는 등 눈물도 많아서 누군가 돌봐 줄 사람이 필요해 보입니다. 그래서인지 '나'를 비롯하여 세 사람은 고향 동생인 하원이에게 막연한 책임감을 느껴 왔지요. 그런데 광석이도 두찬이도 떠나고 둘만 남게 되자, 하원이는 꼽대가리(밤낮을 계속하여 일하는 것)를 해서 집을 짓자고, 고향 갈 때 꼭 같이 가자고 이야기합니다. 하원이는 이렇게 '나'를 믿고 의지하고 있는데, '나'는 하원이를 버리려고 합니다. 이제 자신의 살 길을 도모해야 했으니까요. 하원이와 같이 살았던 것은 하원이가 고향 동생이었기 때문이지만 이제 고향에 돌아가는 것이 어려워진 상황이기 때문에 고향 사람이라는 이유로 하원이를 돌봐 줄 수가 없는 것이지요. 하원이를 돌보는 것보다 자기 자신이 부산에, 나아가 남한에 정착하는 것이 훨씬 더 절박한 일이기 때문입니다. 그래서 마침내 '나'는 하원이에 대한 온정을 끊어 버리고 하원이를 떠나기로 냉정하게 결단하게 되는 것입니다.

그런데 '나'가 하원이를 떠나는 것은 하원이와의 결별만을 의미하는 것이 아닙니다. 그것은 그리운 고향과의 결별을 의미하기도 합니다. 이제 '나'는 하원이, 나아가 고향과 결별하고 남한에서 홀로서기를 하려는 것입니다. '나'에게 고향은 포근하고 익숙한 공간일 뿐만 아니라 어머니와 가족이 있는 공간입니다. 때문에 고향과 결별한다는 것은 그러한 익숙한 것과 결별하고 이제 정말 혼자가 된다는 것을 의미합니다. '나'가 어머니를 부르면서 하원이를 부둥켜안고 눈물을 흘리는 것은 이 때문이지요. 이렇게 '나'는 가슴 아파하면서 고향에 대한 그리움이라는 감상과 결별하고 남한에서의 삶을 향해 출발하는 것입니다. 이 작품의 결말이 '나'와 하원이가 함께 남한에서 행복하게 살아가게 되는 것이었다면 더 좋았을까요? 그렇지 않습니다. 이 작품의 결말이 의미심장한 것은 오히려 이렇게 전후 현실을 냉정하게 그 자체로 보여 주기 때문이랍니다.

Q 고향을 잃고 타향에서 살아가는 것은 '실향'이라고 하는데, 이 작품의 제목은 왜 '탈향'인가요? 그리고 이 작품의 제목인 '탈향'은 어떤 의미를 지니는지 설명해 주세요.

A '실향(失鄕 : 고향을 잃거나 빼앗김)'이란 말에는 어쩔 수 없이 고향을 떠났다는 의미가 내포되어 있습니다. 어쩔 수 없이 떠난 고향이기 때문에 실향민에게는 고향에 대한 그리움이 깊게 남아 있지요. 그러나 '탈향'이란 말은 고향에서 벗어난다는 의미를 내포하고 있습니다. '실향'이 어쩔 수 없이 받아들여야 하는 것인 반면에, '탈향'은 스스로 선택하는 적극적인 것입니다. 이렇게 본다면 네

명의 청년이 북한에서 남한의 부산으로 피란 온 것은 '실향'이라고 말할 수 있을 것입니다. 그러나 '나'가 하원이를 버리겠다는 결단을 내리는 순간 '실향'의 상황은 '탈향'의 상황으로 바뀝니다. 하원이와 결별하는 것은 곧 고향과 결별하는 것이기 때문입니다. 그리고 그러한 결별은 하원이의 눈물로 상징되는 감상이나 온정과의 결별이기도 합니다. 전후 소설 〈탈향〉이 지니는 특별한 의미는 바로 여기에 있습니다. 1950년대의 전후 소설은 전쟁 체험으로 인한 상처에 사로잡혀 있거나 소박한 차원의 인간 존중을 내세우는 감상적인 휴머니즘을 드러내는 경우가 많았습니다. 그러나 이 작품은 그러한 경향과는 달리 전후의 현실을 직시하여 냉정하게 그림으로써 전후의 현실에 대한 적극적인 대응 의지를 보여 주고 있는 것입니다. '탈향'이라는 제목은 바로 이러한 의지를 상징적으로 나타내고 있답니다.

※ 더 읽어 봅시다 ※

6 · 25 전쟁으로 인해 삶의 터전을 잃고 월남한 사람들의 삶을 형상화한 작품
이범선, 〈오발탄〉 _6 · 25 전쟁 때 월남한 주인공 철호 일가가 남한에서 살아가는 모습을 통해서 한 가족의 불행과 몰락을 그린 작품이다. 극심한 가난 속에서도 성실하고 바르게 살아가려는 철호, '가자'라는 소리만을 반복하는 어머니, 강도 짓을 하다가 수감되는 동생 영호, 양공주로 전락하는 여동생 명숙과 난산으로 죽게 되는 철호의 아내 등 철호 가족의 몰락을 통해 분단으로 인해 삶의 터전을 상실한 월남인의 비극과 양심을 지키며 사는 사람들이 패배하게 되는 남한 사회의 모순을 고발하고 있다.

닳아지는 살들

 혼히 가족은 서로 아끼고 사랑하며 끈끈한 유대감을 갖는다고 생각합니다. 그러나 이 작품은 그런 생각과는 전혀 다른 가족의 모습을 보여 주고 있지요. '닳아지는 살들'이라는 제목의 의미를 생각하면서 이 작품을 읽어 봅시다.

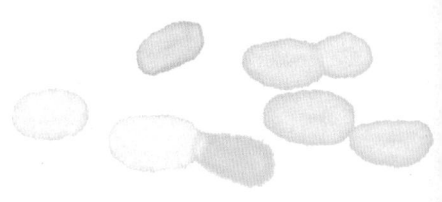

　5월의 어느 날 저녁이었다. 맏딸이 또 밤 열두 시에 돌아온대서 벌써부터 기다리고들 있었다. 서성대는 사람은 없으나 언제 나처럼 누구인가를 기다리고 있는 분위기는 감돌고 있었다.
　은행장으로 있다가 현역에서 은퇴하고 명예역으로 이름만 걸어 놓고 있는(지금도 거기에서 매달 들어오는 수입으로 한 달 살림은 넉넉했다) 일흔이 넘은 늙은 주인은 연한 남색 명주옷을 단정하게 입고 응접실 소파에 기대어 앉아 있었다. 단정하게 입기는 입었으나 어쩐지 헐렁헐렁해 보이고 축 늘어진 앉음새는 속이 허하여 혼자 힘으로 일어설 힘조차 없을 것처럼 보였다. 귀가 멀고 반 백치였다. 그러나 허연 살결의 넓적한 얼굴은 훨씬 젊어 보이고 서양 사

명예역(名譽役) 현역에서 은퇴한 뒤 자문 등의 역할을 하는 자리.
명주옷(明紬-) 명주로 지은 옷. 명주는 누에고치에서 뽑은 실로 만든 고운 옷감을 말한다.
앉음새 자리에 앉아 있는 모양새.
백치(白癡/白痴) 뇌에 장애나 질환이 있어 지능이 아주 낮은 상태. 또는 그런 사람을 낮잡아 이르는 말.

람의 풍격을 느끼게 하였다. 며느리 정애(貞愛)와 막내딸 영희(英姬)가 옆자리에 앉아 있었다. 며느리의 한복 차림을 싫어하는 왕년의 시아버지의 뜻대로 정애는 봄 스웨터에 통이 좁은 까만 바지 차림이고, 영희는 원피스를 입고 있었다. 며느리와 시누이는 사이 좋은 자매를 연상케 하였다. 세 사람은 모두 넓은 창문 너머 어두운 뜰을 내려다보고 있었다. 정애는 시아버지의 한 팔을 부축하고 앉았고, 영희는 옆에서 한 손으로 턱을 받치고 앉았다.

바깥은 어둡고 뜰 변두리의 늙은 나무들은 바람에 불려 서늘한 소리를 내었다. 처마 끝 저편에 퍼진 하늘에는 별이 총총하게 박혀 있으나, 아스무레한 초여름 기운에 잠겨 있었다. 집은 전체로 조용하고 썰렁했다.

쨍 당 쨍 당.

먼 어느 곳에서는 이따금 여운이 긴 쇠붙이 뚜드리는 소리가 들려왔다. 밑 거리의 철공소나 대장간에서 벌겋게 단 쇠를 쇠망치로 뚜드리는 소리 같았다.

근처에 그런 곳은 없을 것이었다. 그렇다면 굉장히 먼 곳일 것이었다. 굉장히 굉장히 먼 곳일 것이었다.

쨍 당 쨍 당.

단조로운 소리이면서 송곳처럼 쑤시는 구석이 있는, 밤중에

풍격(風格) 사람의 풍채와 품격.
아스무레하다 아슴푸레하다. 빛이 약하거나 멀어서 조금 어둑하고 희미하다.
철공소(鐵工所) 쇠로 된 재료로 온갖 기구를 만드는 소규모 공장.

닳아지는 살들

간헐적으로 들려오는 그 소리는 이상하게 신경을 자극했다.

"참 저거 무슨 소리유?"

영희가 미간을 찌푸리면서 말했다.

"글쎄, 무슨 소릴까……."

정애가 심드렁하게 대답했다.

"이 근처에 철공소는 없을 텐데."

"……."

정애는 표정으로만 수긍을 했다.

꽝 당 꽝 당.

그 쇠붙이의 쇠망치에 부딪치는 소리는 여전히 간헐적으로 이어지고 있었다. 밤내 이어질 모양이었다. 자세히 그 소리만 듣고 있으려니까 바깥의 선들대는 늙은 나무들도 초여름밤의 바람에 불려서 그런 것이 아니라 저 소리의 여운에 울려 흔들리고 있었다. 저 소리는 이 방 안의 벽 틈서리를 쪼개고도 있었다. 형광등 바로 위의 천장에 비수가 잠겨 있을 것이었다. 초록빛 벽 틈서리에서 어머니는 편안하시다. 돌아가서 편안하시다. 형편없이 되어 가는 집안 꼴을 감당하지 않아서 편안하시다.

간헐적(間歇的) 얼마 동안의 시간 간격을 두고 되풀이하여 일어나는. 또는 그런 것.
미간(眉間) 양미간. 두 눈썹의 사이.
심드렁하다 마음에 탐탁하지 아니하여서 관심이 거의 없다.
선들대다 선들거리다. 바람에 물건이 가볍고 부드럽게 자꾸 흔들리다.
틈서리 틈이 난 부분의 가장자리.
비수(悲愁) 슬퍼하고 근심함. 또는 슬픔과 근심.

닳아지는 살들

꽝 당 꽝 당.

저 소리는 기어이 이 집을 주저앉게 하고야 말 것이다. 집지기 구렁이도 눈을 뜨고 슬금슬금 나타날 때가 되었을 것이다. 그리고 향연이다. 마지막 향연이다. 유감없이 이별을 고해야 할 것이다. 모두 유감없이 이별을 고해야 할 것이다.

영희가 갑자기 작위적인 구석이 느껴지게 필요 이상으로 깔깔대며 웃었다. 정애가 화닥닥 놀랐다.

"참 언니, 내가 지금 무슨 생각을 하고 있는지 아우?"

하고는,

"아버지 팔을 그렇게 부축하고 있으니까 며느리 같지가 않구 딸 같아요."

하고 말했다.

정애는 약간 수줍어하는 듯한 표정을 하였다. 아버지는 물론 못 듣고 있었다. 제 코 앞의 사마귀만 주무르고 있었다.

영희가 계속 다급하게 말을 이었다. 목소리가 높아지고 조급해 있었다. 쇠붙이 뚜드리는 소리가 듣기 싫어서, 안 들으려고 억지로 조잘대고 있는 셈이었다.

꽝 당 꽝 당.

❈ 집지기 구렁이 예전에, 구렁이가 집을 지켜 준다고 하여 귀하게 여기는 풍습이 있었다. 사람들은 이 구렁이가 집을 나가면 그 집안의 운수도 다한다고 믿었다.
향연(饗宴) 특별히 융숭하게 손님을 대접하는 잔치.
유감없다(遺憾--) 섭섭한 마음이 없이 흡족하다.
작위적(作爲的) 꾸며서 하는 것이 두드러지게 눈에 띄는. 또는 그런 것.

그러나 그 쇠붙이 소리는 같은 30초가량의 간격으로 이어지고 있다. 뾰족뾰족한 30초다.* 영희 목소리의 밑층 넓은 터전으로 잠겨 그 소리는 더욱 윤기를 내고 있다.

"그러니까 우리 집두 이 정도로 민주적인 집안인 셈이겠죠. 시아버지와 며느리 사이가 이쯤 되어 있으니."

잠시 사이를 두었다가 더 목소리를 높여,

"그렇지만 진력이 안 나우, 올케? 도대체 무엇인지 굉장히 빠진 게 있어. 큰 나사못이래두 좋고, 받들어 주는 기둥이래두 좋고. 아이, 안 그렇수?"

정애는 시아버지를 닮아 있었다. 시아버지와는 다른 성격으로 백치가 되어 있다. 대화란 피차 신경을 긁어 놓기 위해서, 밤낮 할 짓이 없이 이렇게 앉아 있는 사람들끼리 잊어버렸던 일을 되불러 일으켜 피차 골치를 앓게 하기 위해서, 쓸모없는 사변을 위해서 태어난 것은 아니라고 그렇게 믿고 있는 듯이 보였다.*

---

* 뾰족뾰족한 30초다 30초 간격으로 이어지는 쇠붙이 소리가 신경을 날카롭게 만들고 있다는 것을 표현한 구절이다.
진력(盡力) 있는 힘을 다함. 또는 낼 수 있는 모든 힘.
나사못(螺絲-) 몸의 표면에는 나사 모양으로 홈이 나 있고, 머리에는 드라이버로 돌릴 수 있도록 홈이 나 있는 못.
피차(彼此) 이쪽과 저쪽의 양쪽.
사변(思辨) 경험에 의하지 않고 순수한 논리적 사고만으로 현실 또는 사물을 인식하려는 일.
* 정애는 시아버지를 닮아 ~ 믿고 있는 듯이 보였다 시아버지가 반 백치가 되어 아무 말도 하지 않는 것처럼 정애 역시 아무 말도 하지 않고 있다. 그러나 시아버지는 반 백치가 된 데다가 소리를 들을 수가 없어 말을 하지 않는 것이지만, 정애가 말을 하지 않는 이유는 다른 데 있다. 정애는 대화란 할 일 없는 사람들끼리 서로 상처를 주거나 잊어버린 과거를 기억하게 하거나 쓸데없는 논리를 내세우는 것이 아니라고 생각하기 때문에, 대화에 끼어들지 않고 침묵하는 것이다.

"오늘 저녁두 열두 시유?"

영희가 또 말했다. 계속해서,

"오빤 또 2층이겠수?"

하고는,

"참, 그인 아직 안 돌아왔죠?"

그이란 선재(善哉)일 것이었다. 아직 약혼까지는 안 됐으나 결국은 그렇게 낙착되리라고 피차 생각하고 있고, 주위에서도 다 그렇게 알고 있는 터였다. 이북으로 시집을 가서 이제는 20년 가까이 만나지 못한 언니의 시사촌 동생이라니, 그렇게 알 밖에 없었다. 1·4 후퇴 때 월남을 하여 험한 세상 건너오면서 그 나름의 두터움이 배어들 만도 하였다. 3년 전에 세상을 떠난 늙은 어머니가 그를 몹시 아껴 주고 측은해하였다. 제 맏딸의 시동생이라는 연줄을 생각해서였을 것이다. 역시 일흔이 되어 노망도 들기는 했지만, 맏딸의 이모저모를 선재에게 되풀이하여 물어 보는 눈치였다. 임종 때도 온 가족이 다 모여 있었지만 둘레둘레 선재를 확인하고서야 안심을 하였다. 어쩌면 맏딸 대신으로 삼았을 것이었다. 결국 이렁저렁하는 사이에 2층의 구석방 하

낙착되다(落着--) 문제가 되던 일이 결말이 맺어지게 되다. 또는 문제가 되던 일의 해결을 위하여 결론이 내려지다.
1·4후퇴(後退) 6·25 전쟁 중이던 1950년 12월 말에서 이듬해 1월 초 사이, 중공군의 공격으로 국제 연합군의 주력이 서울에서 물러나고 공산 진영이 서울을 재점령한 사건을 가리킨다. 당시 1951년 1월 4일에 서울이 점령당함으로써 이를 1·4 후퇴라고 부르게 되었다.
연줄(緣-) 인연이 닿는 길.
이렁저렁하다 이럭저럭하다. 정한 방법이 따로 없이 이렇게 저렇게 되어 가는 대로 하다.

나를 차지해 버렸다. 때로는 일이만 환 들여놓는 수도 있었지만 이즈음 몇 달은 그것도 뚝 끊어졌다. 처음 한동안은 불결한 사람으로 느껴지고 천티가 흐른다고 생각했으나, 자기는 팔자 드센 여자, 시집을 안 가야 할 여자로 막연하게 자처하고 있는 사이에 어느새 그와도 익숙해졌다. 어느 수산물 회사에 있다고 하나 그 자상한 내력을 알 만큼 그 정도로 익숙한 것은 물론 아니었다.

"어째서 하필이면 열두 시유?"

영희가 말했다.

"글쎄……"

정애가 대답했다.

"정말 돌아오기나 하면 오죽 좋겠수."

영희가 말했다.

"글쎄, 그러기나 하면."

정애가 대답했다.

"생각하면 참 우스워 죽겠어."

영희가 웃지는 않고 웃는 시늉만을 하고는 장난치듯이 말했다.

환(圜) 우리나라의 옛 화폐 단위. 1953년 2월 15일부터 1962년 6월 9일까지 통용되었다.
❋ 때로는 일이만 환 ~ 그것도 뚝 끊어졌다 때로는 방세로 일이만 환을 내기도 하였지만 요즘 몇 달은 그것도 내지 않고 그냥 살고 있다.
천티(賤-) 천하게 보이는 모습이나 태도.
자처하다(自處--) 자기를 어떤 사람으로 여겨 그렇게 처신하다.
자상하다(仔詳--) 1. 찬찬하고 자세하다. 2. 인정이 넘치고 정성이 지극하다. 여기에서는 1의 의미로 쓰임.
내력(來歷) 지금까지 지내온 경로나 경력.

"숫제˙ 우리 모두 헤어져 버립시다. 어떻게든 살게는 되겠지 뭐. 뿔뿔이 헤어져 버려. 그까짓 거 뭐 어때요. 쉬울 것 같애, 차라리."

차라리 한번 그렇게 해 보자는 셈으로 익살맞게 눈까지 치켜올려˙ 떴다.

마침 성식(成植)이 층층 계단을 내려와 안 복도로 통하는 문을 살그머니 열었다. 정애와 영희의 시선과 부딪치자 한꺼번에 영희 쪽을 향해,

"왜들 그러구 앉았어?"

하고 물었다.

영희는 히죽이 웃으면서 조금 가시가 돋친 소리로 말했다.

"오빤 여전히 파자마 차림이구려. 또 언니를 기다리지 않우."

성식은 대답이 없이 아버지의 건너편 의자에 앉았다.

영희가 말했다.

"오빠, 오늘두 열두 시유 글쎄."

하며 곧 잇대어서,

"같이 안 기다릴라우?"

성식은 대답이 없이 신문을 펼쳐 들었다.

"이 집 젊은 주인이니까 같이 기다려야지 뭐. 안 그렇수, 언

숫제 처음부터 차라리. 또는 아예 전적으로.
치켜올리다 '추켜올리다'의 사투리. 위로 솟구어 올리다.

니?"

하고는 아버지 쪽을 향해 손짓을 섞어 큰 소리로,

"아버지, 오빠도 기다려 준대요, 오빠두."

아버지는 병적으로 놀란 얼굴을 하며 딱히 알아듣지는 못하면서도 대강 머리를 끄덕였다. 뚜렷하게 내색은 안 하지만, 오빠가 선재와 자기와의 일에 철저하게 방관적인 것을 영희는 알고 있다. 선재를 경멸하고 있었다. 딱히 선재를 사랑하고 있는 것도 아닌데, 오빠의 그런 투가 영희의 자존심을 긁어 놓았다. 그리고 그것이 차라리 선재를 자기의 어느 구석과 굳게 연결시켜 놓았다.

"오빠, 그이 몇 시에 돌아온단 말 못 들었수?"

성식은 미간을 찡그리면서 머리를 가로저었다.

"오빠, 그이가 말끝마다 오빠를 헐뜯고 있는 것을 알우?"

성식의 안경알이 한 번 차게 번쩍했다.

"왜 그러는지 알우? 알 테지 뭐. 난 요새 오빠와 선재 씨를 요모조모로 비교해 봐요. 오빠가 아니꼬운 점이 많아."

"……."

"서른네 살. 낯색이 해말갛구. 긴 다리가 바싹 여위구. 낮이나 밤이나 파자마 차림. 음악을 공부한다고 하다가 대학은 미술

방관적(傍觀的) 어떤 일에 직접 나서서 관여하지 않고 곁에서 보기만 하는. 또는 그런 것.
❋ 성식의 안경알이 한 번 차게 번쩍했다 선재가 말끝마다 자신을 헐뜯는다는 말에 성식이 기분이 상해서 날카롭게 반응하고 있다는 것을 말하는 구절로, '차게 번쩍하는 안경알'은 성식의 차가운 이미지를 표현하고 있다.
해말갛다 하얗고 말갛다.

대학을 나오구. 미국을 두어 번 다녀온 뒤론 취직을 할 염도 않구. 그렇다구 딱히 할 일두 없구. 막연하게 작곡가를 꿈꾸고 있구. 그다음 오빠를 설명할 말이 또 뭐 있을까?"

안경알만 또 번쩍했다.

복도로 나와 버렸다.

쾅 당 쾅 당.

잠시 잊어버렸던 그 소리는 다시 광물성의 딴딴한 것으로 번쩍번쩍 달려들었다. 방 안에서보다 더 크게, 육중하게 지축을 흔들듯이 달려들었다. 가슴에서 카바이드 냄새가 났다. 목욕탕 문이 열려 있고 휑하게 불이 켜져 있었다. 불을 끌까 하다가 역시 켜 두는 것이 좋을 듯하여 그냥 두었다.

이북에 있는 언니가 열두 시에 돌아오다니. 애초에 그것은 물론 찬찬하게 따져 볼 거리조차 못 되었다. 그러나 어느 때부터인지는 딱히 알 수 없지만 이렇게 기다리는 일에는 이제는 익숙해져 있었다. 아버지는 2년 전부터 귀가 멀었다. 귀가 멀면서 말수가 적어졌다. 말로 할 수도 있는 것을 대개는 눈짓이나 표정으로 뜻을 전하곤 했다. 그러면서 차츰 머리가 텅 비어지고 반

염(念) 무엇을 하려고 하는 생각이나 마음.
광물성(鑛物性) 광물에서만 볼 수 있는 고유한 성질. 또는 그런 성질을 지닌 것.
　광물(鑛物) 은, 철, 금 등 천연으로 나며 질이 고르고 화학적 조성이 일정한 물질.
지축(地軸) 대지의 중심.
카바이드(carbide) 물과 반응하면 아세틸렌 가스를 발생시키는 물질. 1960년대에는 카바이드를 이용하여 불을 밝히는 등이 사용되었다.

백치가 되어 갔다. 집안 전체를 통어해 나가는 줄이 끊어지면서 식모는 훨씬 자유스러워지고 활발해지고 뻔뻔해졌다. 이 집에서 가장 문문해 보인다는 셈인지 선재에게 곧잘 농을 걸기도 하였다. 그런 것도 영희의 자존심을 긁어 놓았다. 부석부석하게 부은 듯한 약간 얽은 얼굴에 짙은 화장을 하고 얼룩덜룩한 원피스 차림으로 외출이 잦았다. 4·19 데모나 5·16 때는 하루 종일 밖에 나가 있었다. 설마 데모에는 가담 안 했을 터이지만 저자를 보아 가지고 들어설 때는 넓은 터전의 냄새를 거칠게 풍기고 있었다.

살그머니 부엌 문을 열었다.

"하필이면 밤 열두 시야. 낮 열두 시면 어때서. 미쳐두 좀 곱게나 미치지."

마침 식모가 혼자 푸념을 하고 있다.

영희는 흠칫했다.

"뭐? 뭐야? 너 지금 뭐라 그랬어?"

통어하다(統御--) 거느려서 제어하다.
식모(食母) 남의 집에 고용되어 주로 부엌일을 맡아 하는 여자.
문문하다 어려움 없이 쉽게 다루거나 대할 만하다.
얽다 얼굴에 우묵우묵한 마맛자국이 생기다.
  마맛자국(媽媽--) 천연두를 앓고 난 후 딱지가 떨어진 자리에 생긴 얽은 자국.
4·19 데모 4·19 혁명. 1960년 4월 19일 학생과 시민이 중심 세력이 되어 일으킨 반독재 민주주의 운동.
5·16 5·16 군사 정변. 1961년 5월 16일 박정희의 주도로 육군 사관 학교 8기생 출신의 일부 군인들이 제2공화국을 폭력적으로 무너뜨리고 정권을 장악한 군사 정변.
저자 '시장(市場)'을 예스럽게 이르는 말.
❀ 넓은 터전의 냄새를 거칠게 풍기고 있었다 집 밖으로 나가서 돌아올 때에는 바깥 세상과 단절된 이 집에서는 느낄 수 없는 분위기, 즉 시장에서 느껴지는 생활의 활력 같은 것이 느껴졌다.

식모는 돌아보고는 키들대며 웃기부터 했다.

"너 지금 뭐라 그랬느냐 말야?"

"아무것도 아니에유."

"너두 이 집에 살면 이 집 식구 아니냐? 좀 어울려 들면 못쓰니, 못써? 누군 너만큼 몰라서 이러는 줄 아니?"

영희의 눈에서는 드디어 눈물이 비어져 나왔다.

"누가 어째시유 뭐? 그저 혼자 해 본 소린걸유."

오빠는 가는 흰 테 안경을 쓰고 여전히 신문을 보고 있었다. 한 손에는 코카콜라 깡통을 들고 있다. 걷어 올린 파자마 밑으로 퍼런 심줄이 내솟는 하얀 살결의 여윈 다리에 까만 털이 무성했다.

아버지는 그냥 전의 자세 그대로였다. 오빠와 한자리에 앉으면 으레 그렇듯이 정애의 아름다운 얼굴에는 우수가 서려 있었다. 머리를 갸웃이 바깥쪽으로 돌리고 되도록 오빠와 시선이 마주치는 것을 피하고 있다. 참 알 수 없는 일이었다. 시집살이의 가장 요긴한 사람인 제 남편을 외면하고 피하면서도 어떻게 시아버지나 시누이에게는 그토록 충실할 수 있는지 영희로서는 도무지 이해가 되지 않았다.

마침 큰 벽시계가 열 시를 치고 있었다. 그 여운이 긴 시계 치

비어지다 숨기거나 참거나 하던 일이 드러나다.
심줄 '힘줄'의 변한말. 근육의 기초가 되는 회고 질긴 살의 줄.
우수(憂愁) 근심과 걱정을 아울러 이르는 말.

는 소리는 방 안을 이상하게 술렁술렁하게 만들었다. 사방의 벽이 부풀었다 수축했다 서서히 운동을 하였다.* 늙은 주인의 허한 눈길이 시계 쪽으로 향해 있었다. 치는 소리가 들리지는 않을 텐데. 영희는 풀썩 올케 앞에 앉아 머리를 올케 무릎에 파묻고 그 벽시계를 멀거니 쳐다보는 아버지의 눈길이 우습다는 듯이 키들키들 웃다가 시계 치는 소리가 멎자 잠시 조용했다. 머리를 들고 잠긴 목소리의 조용한 어조로, 그러나 차츰 격해지면서,

"언니, 언닌 정말 늘 이러구 있을 참이우? 답답허잖우? 오빠란 사람은 저렇게 맹물이구,* 대낮에도 파자마나 입구 뒹굴구, 코카콜라나 빨구 앉았구."

순간 정애와 성식이 동시에 머리를 들었다. 성식의 손에서 스르르 신문이 빠져나가며 안경알이 또 불빛에 번쩍했다. 정애는 제 남편과 눈이 마주치자 차디차게 외면을 했다. 미간을 찡그리며,

"아니, 왜 또 이러우?"

영희는 맨마룻바닥에 무릎을 꿇고 올케의 손을 더욱 힘주어 잡았다.

"아버진 이렇게 병신이 되구. 대체 우리가 이토록 지키고 있는 게 뭐유? 난 스물아홉이 아니우? 올켄 내가 스물아홉 먹은 노처녀라는 것을 언제 한 번이나 새겨 둔 일이 있수? 올케가

---

* 사방의 벽이 부풀었다 수축했다 서서히 운동을 하였다 10시를 치는 벽시계의 울렸다가 멈췄다가 하는 소리가 방 안 전체를 지배하고 있는 것 같은 느낌을 표현한 구절이다.
맹물 하는 짓이 야무지지 못하고 싱거운 사람을 비유적으로 이르는 말.

이젠 이 집안의 주인 아니우? 이 집안의 가문과 가풍과……. 언니 언니, 언닌 대관절 무슨 명분으로 이 집을 이토록 지키고 있는 거유?"

성식이 옆 탁자에 코카콜라 깡통을 놓았다. 담배를 꺼냈다. 이런 일에는 익숙해진 듯하였다. 그러나 가느다랗게 긴 손가락이 가늘게 떨고 있었다. 정애의 남편이나 영희의 오빠는 없고 찬 안경알만이 있었다.*

"아니, 정말 왜 또 이러우?"

벽시계를 쳐다보던 노인도 말귀는 못 알아들어도 눈을 크게 벌려 뜨고 영희를 건너다보았다. 여전히 허한 눈길이었다.

"언니, 정말 빨리 이 집 내놓구 이사합시다. 교외에다가 조그만 집이나 사서……. 전셋집들을 다 내놓아 정리하구, 아버진 하루빨리 세상 떠나시도록 하구. 올켄 이혼을 하구……."

"……."

"그리고 저 기집앤(식모) 내보내구. 우리 둘이."

"……."

영희는 다시 안으로 잠겨 드는 목소리로 말했다.

"언니, 난 요새 모르겠어요. 직면해 있는 건 올케두 알고 있

명분(名分) 일을 꾀할 때 내세우는 구실이나 이유.
❋ 정애의 남편이나 영희의 오빠는 없고 찬 안경알만이 있었다 '찬 안경알'이라는 표현을 통해서 성식이 정애의 남편으로서, 영희의 오빠로서 기대되는 모습이 아니라, 불빛에 반짝이는 안경알처럼 차갑고 무심한 모습으로 존재한다는 것을 표현한 구절이다.
직면하다(直面--) 어떠한 일이나 사물을 직접 당하거나 접하다.

잖수. 어찌 그렇게 모른 체할 수 있수. 그저 그렇게 돼 가나 부다, 내버려 두면 될 대루 그렇게 돼 가나 부다, 그렇게 아무렇게나 내버려 둘 성질은 아니잖수?"

"……."

쨍 당 쨍 당.

쇠붙이에 쇠망치 부딪는 소리가 조용해진 틈서리로 파고들어 왔다.

식모는 응접실 문을 열었다. 영희는 정애의 한 손을 잡고 있었다. 성식은 다시 신문을 펼쳐 들고 있었다. 그러나 신문을 읽고 있는 것은 아니고, 불빛에 안경알만 번쩍였다. 늙은 주인은 그냥 어두운 밖을 내다보고 있었다. 결국 이렇게 그들은 누구인가를 기다리고 있는 셈이었다. 늙은 주인은 맏딸을, 정애는 아직 한 번도 본 일이 없는 맏시누이를, 영희는 언니를, 성식은 누님을 기다리고 있는 셈이었다. 그러나 사실은 그 누구도 분명하게 기다리고 있다는 의식은 없었다. 도대체 그건 말도 안 되는 소리였다. 그저 모두가 막연하게 기다리고 있다고 생각하고 있을 뿐이었다. 그런 것이라도 없으면 한집안에서 한가족이라고 살 명분조차 없게 되는 셈이었다. 이제는 이런 일에 적당히 익숙해진 터였다. 그리고 이제는 이런 일에 모두 넌덜머리를 낼 만도 하였다. 결국 이 기다림의 향연은 늙은 주인이 역시 아직은 이 집안의 주인이라는 것을

넌덜머리 '넌더리'를 속되게 이르는 말. 지긋지긋하게 몹시 싫은 생각.

암시해 보여 주는 대목이기도 했다. 맏딸이 돌아온다고 고집을 부리면 맞이할 준비들을 해야 하는 것이었다. 그렇게 기다리는 자세를 취하고 있으면 진짜로 돌아올 것 같은 실감이 들기도 하였다.

식모는 잠시 그냥 서 있었다. 까르르 소리를 내어 웃고 싶은 충동이 일었으나,

"영희 언니, 밖에서 찾아요."

하고 말했다.

영희가 화닥닥 놀라 일어섰다. 뒷머리를 두어 번 내리 쓰다듬으며 밖으로 나갔다.

불빛에 있다가 나와서 밖은 새까맸다. 고무신을 끌고 조심조심 큰 문 앞으로 갔다. 문을 열었다. 골목길이 휑하게 뚫리고 그 끝 큰길과 맞닿은 어귀에 잡화상˙ 불이 안온하게˙ 환했다. 차츰 주변의 음영˙이 잔잔하게 부풀어 올랐다. 형광등 불빛에 비해 그 불그스름한 잡화상의 전등 불빛은 따뜻한 가라앉음을 느끼게 해 주었다. 영희는 일순 무엇인가 그리워진다고 생각하였다.

옆 담벼락에 누군가 기대어 서 있다. 또 술이 엉망으로 취한 선재였다. 직감으로 술이 만취한 것을 알자, 영희는 또렷한 저항감이 달콤한 것이 되어 온몸 구석구석으로 퍼졌다. 술 안 먹는 선재보다는 이렇게 술이 취한 선재가 훨씬 좋았다.

잡화상(雜貨商) 여러 가지 잡다한 일용품을 파는 장사. 또는 그런 장수.
안온하다(安穩--) 조용하고 편안하다.
음영(陰影) 색조나 느낌 등의 미묘한 차이에 의하여 드러나는 깊이와 정취.

선재 등 뒤로 다가가 입술을 지그시 깨물며 어깨에 한 손을 얹었다. 제법 따뜻한 솜씨라고 스스로 느꼈다.

"술이 많이 취했군요."

하고는 그냥 잇대어 말했다.

"왜 들어오지 못하고 밤낮 나부터 찾아요. 뭐 꺼릴 게 있다구. 그런 건 선재 씨답지 않아요."

선재는 엉거주춤하게 돌아서며 별 뜻이 없이 허붓하게 한 번 웃기부터 했다. 술 취한 사람치고는 또렷한 소리로 내던지듯이 말했다.

"나 마셨어. 우습지? 우습지 않아? 우습지? 참 영희에게 뭐 좀 따져 봐야겠어."

"따져 보나마나지 뭘."

영희도 비죽이 웃으며 팔깍지를 끼었다.

어두운 속에서 선재는 한번 꾸뜰 하고 넘어질 듯하다가 또 말했다.

"우리 나가자. 당장 나가자. 이 집을 나가자. 어때?"

"그래, 나가요. 어차피 나가게 될걸 뭐."

영희가 조용히 말했다.

"오늘 밤 당장 나가. 지금 당장."

허붓하다 멋쩍게 입을 벌리며 슬며시 한 번 웃다.
팔깍지 팔을 서로 어긋나게 걸치거나 맞추어 낀 상태.
꾸뜰 문맥상 '힘이 없거나 어지러워서 몸을 가누지 못하고 쓰러질 듯한 모양'을 뜻하는 듯함.

"……."

영희는 가볍게 웃었다.

"정말이란 말야. 정말, 정말이란 말야."

선재가 말했다.

무엇이 정말이라는 것인지는 모르겠지만 분명히 정말은 정말이라고 영희도 생각했다.

꽝 당 꽝 당.

쇠붙이에 쇠망치 부딪치는 소리는 여전히 계속되고 있었다. 바깥에 나와서 이렇게 술이 취한 선재와 마주 서 있어서 그 쇠붙이 소리는 훨씬 자극성이 덜해져 있었다. 차라리 싱그러운 초여름밤의 가락을 띠고 있었다.

"정말이야, 정말."

선재가 또 말했다.

"알아요, 글쎄."

영희가 속삭이듯이 말했다.

오빠나 정애와 마주 앉으면 으레 자기가 하고 있는 소리를, 지금은 선재가 그다운 가락으로 하고 있고 영희는 듣고 있는 편이 되어 있었다. 술 취한 선재와 이렇게 마주 서니까 그 수다한 언어라는 것이 먼지 낀 흔한 세상 티끌처럼 넘겨다보였다.※

※ 술 취한 선재와 이렇게 ~ 흔한 세상 티끌처럼 넘겨다보였다 선재와 마주 서 있는 동안 수많은 말들이 티끌처럼 아무 의미도 가지지 않는 것처럼 느껴졌다.

선재는 갑자기 모가지를 앞으로 길게 내빼어 들며 토할 몸짓을 했다. 두어 번 꿱꿱거리더니 토하기 시작했다. 영희가 재빨리 두 손을 오므려 선재의 입에 가져다 댔다. 끈적끈적한 것이 두 손에 담겨졌다. 영희는 웬일인지 웃음이 복받쳐 올라와 킬킬대고 웃으면서 그것을 길 한옆에 버리고 벽돌담에 손바닥을 두어 번 문질렀다. 어둠 속에서도 선재의 눈에 눈물이 괴어 있었다. 그것을 문질러 주었다. 선재는 또 한 번 허붓하게 웃었다. 한 팔로는 선재의 전신을 부축하고, 한 손으로는 등을 두들겨 주었다. 감미가 곁들인 기묘한 서글픔이 전신으로 퍼졌다. 건장한 사내를 부축해 주고 있다는 알이 찬 실감이 와 안겼다. 동시에 결국은 이렇게 낙착되고 있구나, 이렇게 되는구나 하고 생각했다. 선재의 등을 두들겨 주며 한쪽 볼을 그 등에 차악 대었다. 육중한 온기가 느껴지고 심장 뛰는 소리가 요란하고 나무들 사이로 하늘에는 별이 총총했다.

꽝 당 꽝 당.

쇠붙이 소리는 어느덧 평범하게 멀어져 있었다. 근육이 좋은 사내가 앉아서, 혹은 서서 뚜드리고 있을 것이었다. 불꽃이 튀기도 할 것이다. 그 근처 뜰에는 사람들이 둘러앉아서 이 거리의 이야기를 하고 있을 것이다. 5월 밤이 익으면 저녁밥도 적당

감미(甘美) '감미하다'의 어근. 맛이나 느낌 따위가 달콤하고 좋다.
건장하다(健壯--) 몸이 튼튼하고 기운이 세다.

닳아지는 살들

히 삭아지고, 모여 앉아서 얘기하기가 좋을 것이었다. 담뱃불이 두서넛 발갛게 타고 있을 것이었다.

"저 소리 들려요?"

영희가 나지막하게 물었다.

"무슨 소리?"

선재는 어눌한 소리로 되물었다. 그의 등에 한쪽 귀가 파묻혀 있어서 그의 목소리는 귀에 들어오기 전에 전신 안으로 와랑와랑하게 퍼져 들기부터 했다.

"저 쇠붙이 뚜드리는 소리."

선재는 잠시 어리둥절하게 귀를 기울이는 듯하다가,

"응, 들려. 왜?"

"……."

선재를 부축하고 들어오다가 층층 계단 밑에 잠시 버려두고 응접실에 들렀다. 아버지가 한 번 쳐다보았다. 정애는 쓸쓸하게 한 번 웃었다. 성식은 여전히 신문을 들고 있었다.

"또 취했어요."

영희가 말했다. 남자가 취해 들어오면 여자란 짜증을 내게 마련이라는 셈으로, 스스로 생각해도 어이가 없게 그런 투가 서려 있었다. 정애는 말없이 다시 한 번 웃었다. 영희는 정애의 그 무

삭다 먹은 음식물이 소화되다.
어눌하다(語訥--) 말을 유창하게 하지 못하고 떠듬떠듬하는 면이 있다.
와랑와랑하다 '울리는 소리가 몹시 요란스럽게 크다'를 뜻하는 사투리.

엇이나 다 꿰고 있는 듯한 웃음을 대하자 조금 낯을 붉혔다.

마침 식모가 황급하게 문을 열었다. 복받쳐 오르는 웃음을 터뜨리지 않으려고 안간힘을 쓰면서 말했다.

"언니, 언니, 아이, 저걸 어쩌우? 현관 복도에다가 글쎄."

또 토한 모양이었다. 순간 집 안은 큰일이나 난 듯이 술렁술렁해졌다. 영희가 달려 나가고 식모가 목욕탕 쪽으로 뛰어가고, 문 여닫히는 소리가 울렸다. 스위치를 눌러 복도 불을 켜고 수도에서는 물이 솟구쳤다.

식모는 꽤나 좋은 모양이었다.

응접실은 다시 휑했다.

비로소 정애가 남편을 바라보았다. 역시 찬 안경알만이 눈에 들어왔다. 웬 을씨년스러움이 뒷등을 짜르르하게˚ 타고 내려갔다. 시아버지는 잠시 요란 법석을 피우는 복도 쪽을 내다보며 며느리에게 눈짓만으로 무슨 일이냐고 물었다. 정애가 위층을 가리키며 선재 돌아왔다는 것을 알려 주었다.

양치질 소리가 나더니 끙끙거리면서 층층 계단을 올라가고 있다. 정애는 그 소리를 차곡차곡 접어 두듯이 듣고 있었다. 선재라는 사람이 꽤나 좋게 생각되었다. 식모의 웃음소리가 들렸다. 식모도 같이 작업에 참여한 모양이었다. 몇 번 뒹구는 듯한 소리도 나고 영희의 숨을 죽인 웃음소리도 들렸다.

짜르르하다 한 지점에서 주위로 조금 빠르게 퍼져 나가는 듯하다.

일순 집 안이 다시 조용해졌다. 위층에서 문 닫는 소리가 들리고, 식모의 말소리가 짤막하게 나고, 층층계단을 쿵쾅거리면서 내려오고 있었다. 성식이 천천히 일어서더니 말없이 나가려고 하였다.

"여보."

하고 정애가 불렀다.

"2층으로 가요?"

안경알에 가려 표정을 알 수 없는 성식은 대답이 없이 이편을 내려다보다가 기어이 그냥 나갔다. 정애는 와들와들 떨릴 만큼 갑자기 조급해졌다. 층층계단을 또 올라가고 있다. 정애는 까닭도 없이 와들와들 떨려 왔다. 그것은 아득한 아득한 곳을 올라가고 있는 듯싶었다. 천천히 올라가고 있었다. 몇 시간이 걸려 올라가는 듯싶었다. 친아버지 같기만 한 시아버지의 팔을 더욱 힘주어 잡으며 정애의 눈은 피곤한 듯이 감겨졌.

식모가 응접실 문을 열었다. 불빛이 싸늘하게 하얗다. 정애가 혼자 이상하게 울고 있다가 머리를 들었다. 늙은 주인은 뜰을 내다보고 있었다. 식모는 한참 동안 그냥 서 있었다. 문을 닫으려는데 정애가 물었다.

"언니, 안 내려오니?"

"좀 이따가 내려온대요."

"왜?"

"……"

"알았다."

'알았을까? 정말 알기는 알았을까? 알았을 거야.' 하고 식모는 생각했다. 눈이 마주치자 피차 화가 난 듯이 뚜웅하게 마주 쳐다보았다. 늙은 주인도 식모와 정애를 번갈아 쳐다보았다. 여느 때 같지 않게 뚜릿뚜릿한 눈길이었다.

드나들지 않아서 모르고 있었는데, 정작 들어와 보니 초라하게 좁은 방이었다. 씁쓰름하게 독신 남자의 냄새가 풍겼다. 불을 켤까 하다가 그대로가 좋을 듯하여 선재를 침대에 눕히고 뜰로 향한 창문을 열었다. 아래 응접실 불빛이 여기까지 약간 반사되어 올라왔다. 영희는 아직 약간 흥분 상태였다. 일정한 흥분의 바로미터를 그냥 유지하고 싶었다. 그 흥분이 가시기 전에 일을 치르고 싶었다. 원피스를 벗었다. 침대에 걸터앉아 선재를 흔들었다.

"이것 봐요, 눈떠요. 자면 싫어요."

선재는 끙끙거리며 저리 비키라는 셈으로 한 손을 내젓다가 눈을 뜨고 영희의 얼굴을 보자 놀란 듯이 일순간 조용하게 올려다보았다. 자연스럽게 영희를 끌어안았다. 영희는 순하게 응하면서 속삭였다. 땀에 젖은 남자의 머리카락 냄새가 났다.

"취하면 싫어요. 지금 이런 경우엔 취하지 말아요."

뚜릿뚜릿하다 '뚜렷뚜렷하다'의 사투리. 눈을 굴리며 여기저기 살피다.
바로미터(barometer) 사물의 수준이나 상태를 아는 기준이 되는 것.

선재는 아직 정신이 몽롱했다. 그러나 술은 차츰 깨고 있었다.

"정말, 정말이야요. 정신 차려요. 정신 안 차리문 나 억울해요."

"음, 술 깼어. 정신 차리구 있어."

갑자기 말짱한 목소리로 선재도 말했다.

꽝 당 꽝 당.

그 소리는 퍽 가까이에서 들리고 있었다. 뚫린 창문은 흡사 그렇게 안개 낀 밤을 향해 뚫려진 구멍 같았다. 뚫린 구멍 저편으로 습기에 찬 초여름밤이 쾌적하게 기분에 좋았다.

"취하지 말아요."

영희가 또 말했다.

"안 취했어."

선재가 대답했다.

"거짓말."

영희는 마음속으로 꺄득꺄득 웃었다.

"정말 취하지 말아요. 정신 차려요."

"……"

선재는 영희를 끌어안으며 몸을 한 번 뒤챘다. 그 김에 영희의 몸도 빙그르르 돌며 한옆에 모로 누웠다. 온몸에 꼭 알맞은

뒤채다 '뒤치다'의 사투리. 엎어진 것을 젖혀 놓거나 자빠진 것을 엎어 놓다.
모로 옆쪽으로.

공간이다.

"오늘 며칠이죠?"

영희가 속삭였다.

"몰라."

선재가 받았다.

"그런 걸 모르면 어떻게 해요?"

영희가 속삭였다.

이런 경우의 사내가 대개 그렇듯이 선재는 조급해져 있었다. 영희는 요런 상태를 조금이라도 더 유지하고 싶었다.

"왜 이리 급해요. 급하게 서둘지 말아요. 우리 얘기부터 해요."

자세를 취할 듯한 선재를 밑에서 끌어안으며 영희가 달래듯이 말했다. 선재는 다시 거북이 등이 올려 솟구듯이 어두무레한 속에서 움찔움찔 일어나고 있었다.

"이것 봐요, 얘기부터 해요."

"무슨 얘기?"

"오늘이 며칠이죠?"

"몰라."

"모르면 어떻게 해요?"

"……"

"열두 시에 언니가 돌아온대요."

"……"

"정말, 정말이야요. 늘 답답하지요? 선재 씨도 그렇죠?"

영희의 목소리는 차츰 애처로워지고 가냘퍼지고, 눈을 감고 있었다.

"모두 무엇을 놓치고 있어요. 큰 배경을 놓치고 있어요. 뿔뿔이 떨어져 있어요. 그렇죠? 그렇죠? 그래서 답답하죠?"

잠시 눈을 떴다. 뚫린 창 저편으로 5월 밤이 보였다. 부끄러웠다. 다시 눈을 감았다.

"어마나, 이러지 말아요. 나 내려가야 해요. 언닐 같이 기다려야 해요. 내일 아침 피차 쑥스러워지면 어떻게 해요. 쑥스럽지 않겠죠. 그렇죠? 어마나, 정말이군요. 여자가 남자보다 아름답다는 건 이런 때 보면 알아요."

입만 쉴 사이 없이 움직일 뿐이다.

"자꾸 쫓아오구 있었어요. 나, 오늘 저녁 내내 도망을 하구 있었어요. 혼자 감당하기가 어떻게나 무섭던지, 그런 걸 누가 감당해 주나요. 그놈의 쇠망치 소리 말이야요. 딴딴한 쇠망치 소리 말이야요."

맏딸이 세일러복*을 입고 있다, 세일러복을 입고 애들을 주렁주렁 달고 있다, 새하얀 깃에서 바닷물 냄새가 난다, 손에는 정구*

세일러복(sailor服) 해군 병사들의 제복을 본떠, 등에 네모진 깃을 드리우고 삼각으로 접은 천을 가슴에서 묶게 만든 어린이나 여학생용의 웃옷.
정구(庭球) 경기장 중앙 바닥에 네트를 가로질러 치고 그 양쪽에서 라켓으로 공을 주고받아 승패를 겨루는 구기 경기. 연식 정구와 경식 정구로 나뉘어 행해지다가, 1955년에 정구에서 경식 정구가 분리되어 테니스로 이름이 바뀌었다.

라켓을 들고 있다, "이겼어요, 이겼어요, 아버지." 하며 매달린다, "어떻게 이겼니?" "이렇게 이겼죠, 뭐." 맏딸은 라켓을 휘두른다, 집 안은 맏딸이 있어서 웅성웅성하다, 이 방 저 방마다 문이 요란하게 여닫힌다, 성식이가 숫돌에다 칼을 갈고 있다, 쨍쨍한 햇볕에 숫돌과 칼이 번쩍번쩍한다, 모든 것이 번쩍번쩍한다, 모든 것이 번쩍번쩍한다, 정문은 휑하게 열려 있다, 바람이 제멋대로 들어왔다 나갔다 한다, 뜰의 나무들도 기름이 올라서 싱그럽게 미끈미끈하다, 흙 냄새 나뭇잎 냄새가 뒤범벅이 되어 물씬물씬하다, 바둑이는 뜰 한가운데에 나자빠져 있다, 불만이 없어서 짖을 거리가 없다, 영희가 아장아장한 작은 발로 개를 한 번 걷어찬다, 개는 영희를 올려다보며 약간 얕본다, 그러나 몇 발짝 피해 주기는 한다, 영희가 까덱까덱 웃는다, 따라가서 또 한 번 걷어찬다, 개는 완연하게 노여운 기색으로 끙끙거리며 곁눈질로 영희를 살피다가 두어 번 애걸하듯 부당하게 이유 없이 챈 것을 넋두리하듯 짖는다, 다시 영희가 까덱까덱 웃는다, 개도 웃으면서 하품을 하면서 꽁지를 흔든다, 오줌이 마렵다, 며늘아 오줌이 마렵다, 식모 애가 문을 열고 호젓하게 서 있다, 신 살구알 냄새가 난다, 버르장머리가 없다, 머리카락이 까만 아내는 뜰에서 장미꽃을 따고 있다, 허리에 살이 올라 있다,

---

숫돌 칼이나 낫 등의 연장을 갈아 날을 세우는 데 쓰는 돌.
거리 내용이 될 만한 재료.
완연하다(宛然--) 눈에 보이는 것처럼 아주 뚜렷하다.

등의자에서 영희가 울고 있다, 금방 숨이 넘어가듯이 울고 있다, 마음대로 울도록 집 안이 들썩들썩하게 내버려 둘 모양이다, 세일러복을 입은 맏딸이 아내에게 말한다, "어머니, 우리도 라일락꽃을 심어요, 어머니." "그래라." 하고 아내가 자신 있게 대답한다, "심자꾸나, 못 심을 까닭이야 없지 않니." 무슨 일이라도 하고 싶은 일은 못할 일이야 있겠니, 나이 든 식모가 뜰 가생이로 지나간다, 아내가 말한다, "어멈, 어딜 가우?" 어멈은 대뜸 우그러들며 무엇이라고 중얼거린다, 오줌이 마렵구나, 오줌이 마렵구나, 머리가 까만 어머니가 뽕나무에 올라가 있다, 풋풋한 뽕밭 냄새가 코에 시리다, 서쪽 산에 걸린 붉은 해가 굉장히 크다, "어머니, 저 해 좀 봐." 어머니는 들은 체도 안 한다, "어머니, 저 해 좀 봐, 저 해." 해는 중천에 있을 때보다 훨씬 가까운 거리에 있다, 해의 키가 커져서 손발이 생겨서 성큼성큼 이편으로 올 것 같다, 서산 그늘이 우우 소리가 나듯이 달려오고 있다, 엎디어 있던 보리밭이 그늘에 쓸려 일어선다, 은행나무 위의 까치집이 반짝반짝한다, 죽은 어머니를 끌어안고 울다가 아버지는 뜰에 나와서 또 울고 있다, 어머니의 풀어진 머리카락이 길어서 어머니 같지가 않다, 지붕 위에 수염이 시커먼 사람이 올라가서 이상한 고함을 지른다, 사방이 쩌렁쩌렁 울린

가생이 '가장자리'의 사투리. 둘레나 끝에 해당되는 부분.
중천(中天) 하늘의 한가운데.

다, 밑에서 아버지가 울다가 그 사람을 쳐다본다, 마을 사람들이 웅성거리며 몰려온다, 갓을 쓰고 흰 두루마기를 입고 차례차례로 와서 절을 한다, 집 안은 물씬물씬 국수 국물 냄새로 찬다, 웅성웅성하여서 좋기도 하고 어머니가 죽었대서 서러워지기도 한다, 아버지가 자꾸 운다, 아버지 울지 마, 울지 마, 20년 만에 양복을 입고 돌아온다, 아버지는 또 운다, 아버지 울지 마, 며늘아 오줌이 마렵구나, 오줌이 마려워……. 글쎄 그러면 그렇지.

영희가 문을 열었다.
"오빠, 자우?"
하고 물었다.
"자지 않죠? 자지 않겠지 뭐."
성식은 침대에 비스듬히 누운 채 들어서는 영희를 건너다보았다. 안경을 벗고 있어서 더 바싹 여위어 보였다. 푸르스름한 불빛이 바닷속처럼 썰렁했다. 방이 넓어서 천장도 더 횅하게 높아 보였다. 침대 가장자리에 앉아 영희가 조용히 불렀다.
"오빠."
성식은 그냥 쳐다보기만 했다.
"오빠."
성식은 눈을 조금 벌려 떴다.
"……지금 내가 어떻게 보이우?"
하고 곧이어,

"오빠, 나 결혼했어. 오늘 밤 지금 막……. 뭐 어떠우?"

성식은 안경을 찾았다. 눈길을 피하며 영희가 그것을 집어 주었다. 성식은 안경을 끼고도 몸을 가누기가 어려운 듯했다.

"오빠, 이왕 그렇게 될걸 뭘. 어차피 이젠 이런 형식으루 될 밖에 없잖수. 누구나 다 자기 혼자의 문제밖에 안 남아 있는 걸. 안 그렇수? 어쩌다가 우리가 모두 이렇게 됐을까, 오빠."

성식은 천장을 올려다보았다.

"오빠, 아무 할 말두 없수? 무슨 일을 저질러야 오빤 열을 올릴 수가 있수? 말을 할 수가 있수, 대관절?"

성식은 그냥 말이 없이 물끄러미 천장을 올려다보았다. 영희는 보일 듯 말 듯 쓰디쓰게 한 번 웃었다.

꽝 당 꽝 당.

그 쇠붙이 소리가 또 뾰족하게 돋아 올랐다. 영희는 몸을 한 번 흠칫 추키며,

"아이, 저놈의 소린 그냥 들리네."

성식은 어느새 담배를 피우고 있다.

밤은 깊어질수록 더욱 새하얗게 투명해졌다. 방 안의 불빛도 더욱 하얘지고 늙은 주인은 여전히 코 앞의 사마귀를 주무르고 있다. 선재와 식모는 저저금* 제 방에서 입은 채로 잠이 들었다.

저저금 '제가끔'의 사투리. 저마다 따로따로.

영희는 연분홍색 파자마 차림으로 까만 선글라스를 끼었다 벗었다 하고 있었다. 정애는 천장을 올려다보고 단정하게 앉아 있었다.

꽝 당 꽝 당.

그 쇠붙이 뚜드리는 소리도 띠글띠글하게 더욱 투명했다. 이미 간헐적으로 이어지는 것이 아니라 조급하게 계속되고 있었다. 후방에다가 든든한 것을 두고 탐색전을 벌이는 소리 같았다. 영희는 선글라스를 끼었다 벗었다 하면서 말했다.

"언니, 정말 저거 무슨 소리유?"

"글쎄, 무슨 소릴까."

"근처에 철공소는 없을 텐데."

"……"

정애가 대답이 없자 영희는 선글라스를 접으며 말했다.

"언닌 저런 소리 들으면 이상한 생각이 안 드우?"

"무슨 생각?"

"글쎄, 무슨 생각이냐고 물으면 선뜻 대답할 수는 없지만, 우리와는 다른 무엇인가 싱싱한 것이 서서히 부풀어서 우릴 잡아먹을 것 같은. 얘기가 우습지만."

"……"

영희는 가느다랗게 콧노래를 시작했다. 발까지 달싹달싹

띠글띠글하다 가늘거나 작은 물건들 가운데서 몇 개가 드러나게 굵거나 크다.

며 장단을 맞추었다. 정애가 보일 듯 말 듯 상*을 찡그렸다. 영희가 또 화닥닥 놀라듯이 말했다.

"우리가 왜 자지 않구 이렇게 앉아 있수? 붙어 앉아 있어 보아도 진력만 나구. 저저금 제 방에 혼자 떨어져 있으면 무섭구. 바스락거리는 나뭇잎새 소리에조차 후들짝후들짝 놀라구. 한밤중에 응접실에 내려와 보면 한두 사람은 으레 이렇게 붙어 앉아 있구. 불이 환하구. 푸욱 잠이나 들 수 있으면 오죽 좋겠수."

영희는 이것저것 자꾸 지껄이고 싶은 모양이었다.

"참, 언니도 그런 일 겪었수? 어릴 때 제삿날 저녁 말이야요. 부엌엔 웅성웅성 동네 아주머니들이 들끓구, 불을 많이 때서 온돌방은 덥구. 애들끼리 장난을 하다가 설핏 잠이 들지 않았겠수. 얼마쯤 자다가 깨 보면 여전히 방은 덥구, 뜨락*과 부엌과 마루에서는 사람들이 웅성거리구, 방 안엔 불이 훤하구. 그런데 아무도 없이 혼자 잠이 들어 있었거든요. 물론 입은 채로죠. 깨 보니까 마루와 부엌과 뜰과 다른 방에서는 웅성웅성 사람들이 들끓는데, 자기가 있는 방만은 아무도 없지 않겠수. 아득해서 아득해서, 혼자만 이렇게 있다는 것을 알려야 할 텐데, 쉽게 알릴 길은 없구. 답답해서 답답해서."

상(相) 그때그때 나타나는 얼굴 표정.
뜨락 뜰. 집 안의 앞뒤나 좌우로 가까이 딸려 있는 빈터. 화초나 나무를 가꾸기도 하고, 채소나 나물 등을 심기도 한다.

"……."

"누구인가는 이렇게 투명한 밤일수록 엽기적인 생각 있지 않수? 안나 카레니나를 자처해 본다든가, 장발장이 되어 본다든가 하면 괜찮다고 합디다. 그렇게라두 해 볼까 봐. 어마아, 벌써 열한 시 사십오 분이우, 언니."

늙은 주인의 코 앞 사마귀를 만지는 모양은 응석을 부리는 어린애처럼 보였다. 손에 땀이 나 있고 초저녁보다 조급해 있었다. 이따금 눈이 휘둥그래져서 두리번거리며 영희와 정애를 번갈아 쳐다보았다. 그 눈빛은 괴이하게 예리한 것을 담고 있었다. 영희도 어느새 말을 멈추고 아버지의 그 눈길을 쫓고, 정애도 마찬가지였다. 역시 늙은 주인은 아직은 이 집안의 가장이었다.

"참 언니, 우리 집이 어쩌다가 이렇게 되었을까? 때로 잠자리에 누워서 잠은 안 오구 점점 더 새말갛어 올 때 있지 않수? 우리 집이 어쩌다가 이렇게 되었을까, 한번 본격적으로 따져 보자. 이렇게 따져 보기로 하거든요. 마음속 한구석으로는 아

엽기적(獵奇的) 비정상적이고 괴이한 일이나 사물에 흥미를 느끼는. 또는 그런 것.
안나 카레니나(Anna Karenina) 러시아의 작가, 톨스토이의 소설 〈안나 카레니나〉의 주인공. 〈안나 카레니나〉는 19세기 러시아 귀족 계급의 결혼 생활을 그린 작품이다. 안나는 너무나도 관료적이고 이성적인 남편에게 염증을 느끼고, 청년 장교 브론스키 백작과 사랑에 빠져서 가정을 버리고 그와 함께 외국으로 도망갔다가 귀향한다. 그러나 귀족 사회의 지탄과 함께 브론스키의 애정이 식어 가는 것을 깨닫고 끝내 자살한다는 비극적 내용이다.
장발장(Jean Valjean) 프랑스의 작가 빅토르 위고의 장편 소설 〈레 미제라블〉의 주인공. 빵 한 조각을 훔친 죄로 19년 간 감옥살이를 하고 나온 후, 한 사제의 자비심에 감화되어 일생을 약자의 편에서 정의를 위하여 살다가 죽음에 이르는 인물이다.
새말갛다 샛말갛다. 매우 산뜻하게 맑다.

주 단조로운, 힘이 들지 않는 생각, 이를테면 하나, 둘, 셋, 넷, 다섯, 여섯, 일곱…… 이렇게 무한정 세어 나가구, 눈은 바깥의 밤하늘을 내다보구, 다른 한구석으로는 찬찬하게 떠올려 가면서 1년 전의 우리 집은 어떠했었나, 아버지는, 오빠는, 올케는? 2년 전의 우리 집이 어떠했었나, 아버지는, 오빠는, 올케는? 이렇게 따져 올라가 보거든요. 하나도 이상한 구석은 없는 것 같아요. 그렇지만 10년 전은 어떠했나? 20년 전은? 이렇게 생각하다가, 다시 1년 전이나 오늘로 돌아오면 대번에 차이가 생겨지는걸. 아주 뚜렷하게 말이야요.*"

영희의 목소리는 잔잔하게 여느 때 없이 아름다웠다. 정애는 조용히 머리를 수그리고 한 손으로 이마를 가리고 들었다. 영희는 두 손으로 턱을 괴고 천장을 올려다보며 지껄이다가, 정애를 쳐다보고는 갑자기 눈을 벌려 뜨며 말했다.

"애걔, 언니 우우?"

일순 조용했다.

꽝 당 꽝 당.

쇠붙이 뚜드리는 소리가 뾰조록히● 돋아 올랐다.

층층 계단을 내려오는 발짝 소리가 들렸다. 조심스럽게 내려오는 소리이나 쿵쿵 온 집채가 흔들리듯이 울리고 있었다. 아득

✽ 그렇지만 10년 전은 ~ 뚜렷하게 말이야요 집안의 변화가 갑작스럽게 일어났음을 암시한다.
뾰조록하다 '뾰족하다'의 본말. 물체의 끝이 점차 가늘어져서 날카롭다. 여기에서는 인물들의 불안한 정서를 나타낸 말로 쓰임.

한 아득한 곳을 내려오는 소리 같았다.

'복도에 불을 켜 둘 걸 괜히 껐구나.' 하고 영희는 몸서리를 치면서 힘을 주어 마음속으로 중얼거렸다. 어두운 속을 내려오는 모습보다는 환한 속을 내려오는 모습을 떠올리는 것이 좋을 성싶었다. 누구래도 상관은 없었다. 물론 오빠일 것이었다. 문이 열리고 안경을 쓴 오빠가 들어서고 있었다. 안경알이 차게 번쩍였다. 역시 혼자는 못 견디겠는 모양이었다. 영희를 대하기가 난처할 것이다.* 그러나 역시 혼자 있느니보다는 나을 성싶으니까 내려왔을 것이다.

"오빠, 아직 안 잤수?"

차악 감겨드는 정겨운 목소리로 영희가 물었다. 성식은 한쪽 볼이 약간 치켜올려지며 어쩔 줄을 몰라했다. 겁겁하게 비실비실 피하는 듯한 몸짓을 하며 정애와 영희를 번갈아 쳐다보았다. 영희가 신경질적으로 말했다.

"오빠, 언니도 알아요. 다 얘기했는걸 뭐. 그런 게 뭐 그리 대단하우?"

이상한 일이었다. 정애와 마주 앉으면 명주실을 뽑아내듯 잔잔한 소리가 나와지고, 오빠만 끼이면 차게 맵게 신랄해지고 싶

✤ 영희를 대하기가 난처할 것이다 조금 전에 영희가 선재와 동침했다는 말을 들었기 때문이다.
겁겁하다(劫劫--) 성미가 급하고 참을성이 없다.
명주실(明紬--) 누에고치에서 뽑은 가늘고 고운 실.
신랄하다(辛辣--) 사물의 분석이나 비평 등이 매우 날카롭고 예리하다.

었다. 성식은 안경알 속에서 맥없이 한 번 웃는 듯하였다. 순간 영희가 쾌재를 부르듯이 무릎을 맨바닥에 대며 털썩 내려앉았다. 무릎걸음으로 성식 앞으로 다가가며 물었다.

"오빠, 웃구 있수?"

"……."

"오빠, 웃구 있수? 이제 웃었수?"

"……."

영희는 두 무릎으로 악착스럽게 성식 앞으로 다가갔다. 성식의 무릎을 잡고 흔들었다.

"오빠, 정말 이제 웃었수?"

"……."

성식은 무엇을 털어 내기나 하려는 듯이 상을 찡그리면서 뒤로 물러가려고 하였다. 정애는 얼이 빠진 사람처럼 영희와 남편을 건너다보고 있었다.

순간 벽시계가 열두 시를 치기 시작했다. 세 사람은 일제히 시계 쪽으로 시선을 돌렸다. 방 안이 술렁술렁해졌다. 시계를 쳐다보던 세 사람의 시선이 다시 늙은 주인 쪽으로 향했다. 코앞의 사마귀를 만지던 늙은 주인이 어리둥절하게 아들과 며느

맥없이(脈--) 아무 까닭도 없이.
쾌재(快哉) 일 등이 마음먹은 대로 잘되어 만족스럽게 여김. 또는 그럴 때 나는 소리.
악착스럽다(齷齪---) 매우 모질고 끈덕지게 일을 해 나가는 태도가 있다.
❖ 순간 벽시계가 열두 시를 치기 시작했다 맏딸이 돌아오기로 예정된 시간이 되었다.

리와 딸을 번갈아 처다보았다.

복도를 통한 문이 열리며 방 안의 불빛이 복도 건너편 흰 벽에 말갛게 삐어져 나갔다. 열두 시가 다 쳤다. 네 사람의 시선이 그쪽으로 옮겨졌다. 조용했다. 왼편 쪽으로부터 서서히 식모가 나타났다. 히히히히 하고 이상한 웃음을 띠고 있었다.

제 딴에는 미안하다는 뜻인가 보았다.

"변소에 갔었시유."

하고 말했다.

순간 영희가 발작이나 일으킨 듯이 아버지 쪽으로 달려갔다. 한 손으로 식모를 가리키며 한 손으로는 아버지를 부축하여 일어세우며 쩌개지는 듯한 큰 소리로 말했다.

"아부지, 자, 봐요. 언니가 왔어요, 언니가. 정말 열두 시가 되었으니까 언니가 왔어요. 이제 정말 우리 집 주인이 나타났군요. 됐지요? 아부지, 자, 어때요? 됐지요, 아부지?"

식모가 이번에는 소리를 내며 웃었다.

"정말이에요. 아부지, 저렇게 언니가 왔어요. 그렇게도 기다리던 언니가 왔어요."

소리를 지르면서 식모를 내다보는 영희의 눈길은 열기 띤 적의로 타오르고 있었고, 아버지는 영희의 부축을 받으면서 저리

쩌개다 크고 단단한 물체를 연장으로 베거나 찍어서 두 쪽으로 벌리어 갈라지게 하다.
적의(敵意) 적대하는 마음.

비키라는 것인지 혹은 어서 들어오라는 것인지 분간이 안 가게 한 손을 들고는 허공에다 대고 허우적거리었고, 성식과 정애도 엉거주춤하게 의자에서 일어서 있었다.

쨍 당 쨍 당.

쇠붙이 소리는 밤내 이어질 모양이었다.*

■ 「사상계」(1962. 7) ; 『이호철 전집 3 – 무너앉는 소리』(청계, 1988)

❋ 쇠붙이 소리는 밤내 이어질 모양이었다 무의미한 기다림이 계속될 것임을 암시하는 부분이다.

닳아지는 살들 **작품 해설**

● 등장인물 들여다보기

│영희

이 집의 막내딸로 29세의 노처녀입니다. 가족들이 무기력하게 살아가는 것과 집안이 몰락해 가는 것에 대해서 답답함을 느끼고, 이러한 상황을 변화시키고자 하는 인물입니다.

영희는 반 백치 상태에 있는 아버지, 장남으로서나 남편으로서의 역할을 하지 못하는 오빠, 남편에게 전혀 정이 없으면서도 혼인 관계를 유지하는 올케 등 정상적이지 못한 가족들에게 염증을 느끼면서도 그들에게 말을 걸고 대화를 시도합니다. 또한 '꽝 당 꽝 당' 하는 쇠붙이 소리에 민감하게 반응하는 유일한 인물이기도 합니다. 이 점에서 암시되듯이 영희는 밤마다 온 가족이 모여 언니를 기다리는 의식이 무의미하다는 것을 자각하고 그로부터 벗어나려 하는 유일한 인물입니다. 결국 밤 12시가 되자 식모를 보고, 돌아온 언니라고 말하는 것도 이 의식을 끝내기 위한 것이었습니다. 또한 그녀는 이북으로 시집간 언니의 시사촌 동생으로 이 집에서 살고 있는 선재와 육체관계를 맺음으로써 무기력함과 답답함에서 탈출하려고도 합니다. 이런 점에서 볼 때 영희는 가족의 해체와 집안의 몰락을 가장 현실적으로 느끼고, 거기서 벗어나고자 노력하는 인물이라고 볼 수 있습니다. 그러나 그러한 영희의 노력은 이 집안에 변화를 일으키기에는 역부족입니다.

늙은 주인(아버지)

집안의 가장으로 은행장으로 있다가 현역에서 은퇴하고 명예역으로 이름만 걸어 놓고 있는 인물입니다. 일흔이 넘은 노인으로, 서양 사람의 풍격을 느끼게 하는 희고 넓적한 얼굴이지만 지금은 귀가 들리지 않는 데다가 반 백치 상태에 있습니다. 아내는 죽고 아들, 며느리, 막내딸, 그리고 맏딸의 시사촌 동생, 식모와 함께 살고 있습니다. 매일 밤, 이북으로 시집을 가서 헤어진 지 20년이 지난 맏딸이 돌아오기를 기다립니다. 분단으로 인해 돌아올 수 없는 딸을 기다린다는 것 자체가 부조리한 상황 속에서 남북 분단으로 인한 상처를 보여 주는 인물입니다.

성식

영희의 오빠로 34세입니다. 장남이지만 자기 세계에만 빠져 집안에서 일어나고 있는 일에 대해서는 방관하고 있는 인물입니다. 말이 없으며 낮이나 밤이나 파자마 차림으로 이층 방에 틀어박혀, 장남으로서나 남편으로서의 책임감을 보이지 않습니다. 음악을 공부한다고 하다가 대학은 미술 대학을 나오고, 미국을 두어 번 다녀온 뒤로는 취직을 할 생각도 없이 막연하게 작곡가를 꿈꾸고 있을 뿐입니다. 가족이 해체되고 집안이 몰락함에도 불구하고 현실에 적응하지 못하고 존재감 없이 살아가는 인물입니다.

정애

영희의 올케이자 성식의 아내입니다. 남편인 성식에게 전혀 정이 없으며, 시아버지를 모시는 역할밖에 하지 못하는 정적인 인물입니다. 반 백치가 된 시아버지처럼 대화를 잊어버린 채 수동적으로 살아가는 인물입니다.

선재

이북으로 시집간 맏딸의 시사촌 동생으로, 영희의 연인입니다. 1·4후퇴 때 월남하여 어느 수산물 회사에 다니고 있으며, 영희의 돌아가신 어머니가 맏딸 대신으로 생각하게 되어 이 집에서 살게 된 인물입니다. 그래서 가족이 아니면서 한편으로는 가족이기도 한 경계인(둘 이상의 이질적인 사회나 집단에 동시에 속하여 양쪽의 영향을 함께 받으면서도 그 어느 쪽에도 완전하게 속하지 아니하는 사람)적인 성격을 지니고 있습니다. 선재는 이 집의 다른 식구들과는 달리 직장을 다니고 있다는 점에서 이 집의 폐쇄성에서 벗어나 있을 뿐만 아니라 자신만의 생활을 가지고 있다고 할 수 있습니다. 그렇기 때문에 선재는 이 집의 무기력한 분위기에 적응하지 못하고 매일 술을 먹고 돌아옵니다. 어느 날 술에 취해서 영희에게 "우리 나가자. 당장 나가자. 이 집을 나가자."라고 말하는 장면에서 선재가 이 집에서 나감으로써 자신의 상황을 변화시키기를 원하고 있다는 것을 알 수 있습니다. 그러나 선재는 영희가 이끄는 대로 그녀와 육체관계를 맺는 것 이상의 적극적인 행동을 하지 못합니다. 그런 점에서 볼 때 이 집의 무기력하고 어두운 분위기에 반발하고는 있지만, 선재 역시 무기력한 인물이라고 볼 수 있습니다.

● 작품 Q&A

"선생님, 궁금해요!"

Q 이 작품의 시간적, 공간적 배경을 설명해 주세요.

A 작품 속에서 이북으로 시집간 맏딸이 돌아오지 못하거나, 1·4 후퇴 때 월남한 맏딸의 시사촌 동생이 이 집에 함께 살고 있는 것 등을 볼 때 6·25 전쟁 이후의 1960년대 상황이 이 작품의 배경이 되고 있는 것을 알 수 있습니다. 1960년대는 한편으로는 6·25 전쟁과 남북 분단으로 인한 상처가 아직 아물지 않았던 시기이고, 다른 한편으로는 근대화로 인한 풍요와 소외가 동시에 나타나고 있던 시기입니다. 이 작품은 이런 1960년대의 한 중산층 가정의 현실을 담고 있습니다.

작품의 시간적 배경은 '오월 어느 날 저녁'으로 여느 다른 작품들과는 달리 매우 제한되어 있습니다. 이 작품의 시간은 오월 어느 날 저녁부터 그날 밤 12시까지 단 몇 시간에 불과합니다. 또한 공간적 배경도 한 가족이 살고 있는 집으로 제한되어 있습니다. 그 집 가운데서도 응접실에서 일어나는 일로 거의 한정되어 있습니다. 물론 아들 성식의 방과 시사촌 동생 선재의 방도 등장하기는 하지만, 작품의 공간적 중심은 응접실이라고 할 수 있습니다. 응접실은 가족과의 대화가 이루어지고 손님 접대가 이루어지는 공간이지만, 이 작품에서는 오히려 가족의 소통과 대화가 단절되고 있음을 드러내는 공간으로 그려지고 있지요. 이러한 시·공간적 제약으로 인해 작품 전체가 답답하고 무거운 분위기에 휩싸여 있습니다.

Q 이 작품에는 '꽝 당 꽝 당' 하는 쇠붙이 소리가 계속 등장하여 묘한 분위기를 형성하고 있습니다. 이 소리는 어떤 의미를 지니는 것인가요?

A '꽝 당 꽝 당' 하는 소리는 이 작품 전체의 분위기를 지배하는 중요한 요소입니다. 이 소리는 철공소나 대장간에서 벌겋게 단 쇠를 쇠망치로 뚜드리는 소리 같습니다. 이 금속성의 소리는 응접실의 무기력하고 가라앉은 분위기를 더 무겁게 만들고 있습니다. 그런데 그 소리가 현실에서 나는 소리인지는 분명하지 않습니다. 이 작품에서는 근처에 철공소나 대장간은 없고, 그 소리는 아마 "굉장히 굉장히 먼 곳"에서 들려오는 것이라 말하고 있습니다. 또한 영희는 그 소리가 "이 방 안의 벽 틈서리를 쪼개고 있"는 것 같다고도 하고, "기어이 이 집을 주저앉게 하고야 말 것이"라고도 합니다. 그 소리에 불안감을 느끼는 것입니다. 이렇게 볼 때 이 소리는 단순한 소리가 아니라 이 집안의 몰락의 원인과 배경을 나타내는 소리라고 볼 수 있겠습니다.

우선 이 작품이 이북으로 시집간 딸을 만날 수 없는 아버지의 이야기를 중심으로 한다는 점에서 볼 때, 이 소리는 전쟁과 분단으로 인한 고통과 비극을 상징한다고 할 수 있습니다. 또한 이 작품에 나타나는 가족 간의 소통 부재와 해체가 1960년대 이후 이루어진 근대화로 인한 것이라는 점에서 볼 때 이 소리는 산업화, 근대화와도 연관될 수 있습니다. 즉, '꽝 당 꽝 당'이라는 광물적 음향이 쇠붙이로 만든 기계와 무기를 연상시킨다는 점에서 근대적 기계 문명을 상징한다고 볼 수 있는 것입니다. 그런 점에서 이 소리는 이 가족을 몰락시키는 '무형의 가해자'를 상징한다고 할 수 있을 것입니다.

Q 이 작품에서 가족들은 맏딸이 돌아올 수 없다는 것을 알면서도 왜 아버지가 맏딸을 기다리는 의식에 함께하는 것일까요? 또한 이 작품에 나타나는 가족 관계의 양상에 대해 설명해 주세요.

A 반 백치가 된 아버지는 맏딸이 돌아올 것이라고 고집을 부리면서 매일 밤마다 맏딸을 기다리는 향연을 거행합니다. 그러나 그 향연은 거창한 것이 아닙니다. 영희, 성식, 그리고 성식의 아내인 정애가 응접실에 모여 있는 것이 그 향연의 전부입니다. 맏딸이 분명히 올 것이라는 어떤 확신도 없이 막연하게 기다리고 있는 것입니다. 영희는 이미 남북으로 분단이 되었고 삼팔선으로 막혀 있어 언니가 돌아올 수 없다는 것을 알기에, 이런 기다림은 말도 안 된다고 생각합니다. 그럼에도 불구하고 기다림의 의식에 함께하는 것은 이런 것이라도 없으면 한집안에서 한 가족이라고 살 명분조차 없게 되기 때문이라고 말하고 있습니다. 아버지 역시 이 향연을 통해서 아직 이 집안의 주인이라는 것이 확인되지요.

맏딸을 기다리는 아버지의 향연에 함께하는 것만이 가족으로서의 명분을 지켜 준다는 것은 오히려 이 가족의 유대감이 거의 고갈되었다는 것을 의미합니다. 관계도 단절되고 소통도 이루어지지 않는 관계가 된 것입니다. 즉, 이 작품 속 가족들은 형식적으로만 가족일 뿐 가족의 의미를 상실하였다고 볼 수 있습니다. 예를 들어, 선재와 육체적인 관계를 가진 영희가 오빠와 올케에게 그것을 이야기해도 그들은 영희의 상황을 방관합니다. 가족 간의 유대감의 고갈은 이 집안의 사람들이 침체되어 있고 무기력하다는 점과 관련되어 있습니다. 영희는 "모두 무엇을 놓치고 있어요. 큰 배경을 놓치고 있어요. 뿔뿔이 떨어져 있어요."라고 말합니다. 아버지는 물론이고, 막연하게 작곡가를 꿈꾸며 자기 방에 틀어박혀 지내는 아들 성식이나 이미 대화를 잃어버린 며느리 정애 모두 뚜렷한 삶의 의미를 찾지 못한 채 무기력하게 살아가는 인물들입니다. 영희만이 이러한 상황에서 벗어나고자 대화를 시도하지만 그 시도 역시 공허할 뿐이지요.

결국 이 작품에서 나타나는 가족 관계는 유대감과 소통이 없는 무의미한 관계입니다. 막딸에 대한 기다림만이 그들을 흩어져 있는 가족으로 유지시켜 줄 뿐이지요. 그러나 그 기다림 역시 타성(오랫동안 변화나 새로움을 꾀하지 않아 나태하게 굳어진 습성)으로 반복되고 있을 뿐이라는 점에서 공허하다고 할 수 있습니다.

Q 작품의 마지막 장면에서 12시가 되고 식모가 들어왔을 때, 영희가 왜 식모를 가리키며 아버지에게 언니가 왔다고 외치는지 이해되지 않습니다. 영희가 왜 그러는지 설명해 주세요.

A 영희는 이 무기력한 가족들 가운데서 유일하게 대화를 시도하고 마음을 나누어 보려고 노력하는 인물입니다. 그러나 그러한

노력은 매번 실패로 돌아가 공허함만 남습니다. 반 백치가 되어 버린 아버지에 대한 연민으로 맏딸을 기다리는 아버지의 향연에 함께 하지만 돌아올 수 없는 언니를 기다리는 이러한 향연은 말도 안 되는 것이라고 생각합니다. 영희가 12시에 나타난 식모를 보고 '정말 언니가 왔다'고 소리치는 것은 이 무의미하고 지루한 기다림을 이젠 그만 끝내고자 하는 시도라고 할 수 있습니다. 거기에는 삶의 의미를 찾지 못하고 답답하게 살아가는 가족들에 대한 반발과, 가족들에게 대화를 시도했지만 아무런 변화도 일으킬 수 없는 상황에 대한 절망감이 내재되어 있습니다.

한편 맏딸을 기다리는 가족들 앞에 나타난 사람이 식모라는 사실에는 어떤 의미가 있는 걸까요? 식모는 이 집의 가족 구성원들과는 다른 성격을 가진 인물입니다. 우선 식모가 하는 일은 요리, 청소와 같은 일상적인 일입니다. 또한 집 안에만 있는 다른 인물들과는 달리 자주 외출을 하고, 시장을 보아 가지고 올 때에는 '넓은 터전의 냄새'를 거칠게 풍기기도 합니다. 이렇게 이 집 안의 다른 인물들과는 달리 식모는 일상성(날마다 반복되는 성질)을 상징하는 인물인 것이지요. 곧 식구들이 기다리는 맏딸 대신에 식모가 나타나는 결말은 기다림의 끝에는 일상성밖에는 없다는 것을 의미한다고 볼 수 있습니다. 이때 일상성은 부정적인 관점에서 그려지고 있는데요, 그것은 일상성이 삶의 의미와는 무관한, 생활의 반복으로서만 나타나고 있기 때문입니다. 마지막에 다시 들리는 '꽝 당 꽝 당' 소리는 그 일상성만이 산업화와 근대화를 배경으로 계속될 것임을 암시하는 것이지요.

Q 이 작품은 가족들이 맏딸을 기다리는 상황만이 제시될 뿐 특별한 사건도 없고, 시간과 공간도 제한되어 있어 일반적인 소설과는 조금 다른 것 같습니다. 이 작품의 특징에 대해 설명해 주세요.

A 이 작품의 시간은 오월 어느 날 저녁에서부터 밤 12시까지이고, 공간은 어느 실향민 가정의 응접실로 제한되어 있습니다. 작품 중간에 과거에 대한 내용이 나오기는 하지만 그것은 회상 혹은 꿈으로 보는 것이 타당합니다. 보통 소설은 시·공간적인 제약이 없는데 이 작품은 그러한 제약을 둠으로써 연극적인 분위기를 형성하고 있습니다. 그래서 어두운 분위기의 응접실을 무대 배경으로 하여 배우들이 연기하는 드라마를 보는 것 같은 느낌을 갖게 되지요. 또한 영희와 선재가 동침한 것을 제외하면 특정한 사건은 없지만, 12시면 맏딸이 올 거라는 기다림 속에서 작품이 12시라는 대단원을 향해서 전개되고 있다는 점도 연극적인 분위기를 형성합니다. 또한 시종일관 어둡고 무거우며 침체된 분위기는 안톤 체호프(러시아의 소설가이자 극작가)의 희곡, 특히 그 가운데서도 4막으로 이루어진 〈벚꽃 동산〉(러시아 귀족 사회의 몰락을 어느 귀족 가문의 몰락을 통해 묘사한 연극)의 마지막 부분에 감도는 답답하고 음울한 분위기와 유사합니다. 이 작품이 안톤 체호프의 희곡과 비교되는 이유도 그 때문입니다.

한편 특정한 사건이 없는 이 작품은 인물들의 심리를 따라가고 있다는 점에서 심리 소설적인 특성을 지니고 있습니다. 인물과 인물의 대화나 행동을 통해 인물 간의 심리적인 파동이 나타나고 있는 것이지요. 예를 들어 영희가 성식에 대해서 지니는 혐오감, 성식이 영희에 대해서 지니는 무관심과 방관적 태도, 그리고 성식과 정애 사이의 비정상적 부부 관계 등이 중점적으로 나타나고 있습니다. 뿐만 아니라 이 작품의 중심이 가족의 몰락에 대한 영희의 자의식에 초점이 맞추어져 있다는 점도 심리 소설적인 면모라고 할 수 있지요. 이 작품은 연극적인 분위기와 심리 소설적인 성격을 통해 분단과 산업화로 인한 가족의 해체를 효과적으로 보여 주고 있습니다.

Q '닳아지는 살들'이라는 제목이 이 작품의 주제를 말해 주고 있는 것 같은데요, 이 제목의 의미와 작품의 주제에 대해 설명해 주세요.

A 이 작품의 주제는 '닳아지는 살들'이라는 제목을 통해서 함축적으로 제시되고 있습니다. 우선 '닳아지는 살들'이라는 제목에서 '살들'이 무엇을 의미하는지 생각해 볼까요? 그 의미는 두 가지로 생각해 볼 수 있습니다. 첫 번째는 '살들'을 살로 이루어진 존재, 즉 개인이라고 보는 것입니다. 이렇게 볼 때 '닳아지는 살들'은 삶에 대한 의미를 지니지 못한 채 무기력하고 답답하게 살아가는 인물들을 의미한다고 볼 수 있습니다. 두 번째는 '살들'이 가족들을 의미한다고 보는 것입니다. 이때 '닳아지는 살들'의 의미는 마모되어 가는 가족 관계, 즉 유대감도 소통도 없이 무의미하게 되어 버린 가족 관계를 의미한다고 볼 수 있습니다. 이 작품에서 아버지를 비롯하여 큰아들 성식, 며느리 정애, 그리고 막내딸 영희는 모두 아버지의 연금에 의존해서 살아갈 뿐 특별한 직업도, 할 일도 없는 인물들입니다. 또한 가족임에도 불구하고 유대감도 없고 대화나 소통도 없는 무의미한 관계를 형성하고 있습니다. 작가는 이러한 무의미한

가족 관계와 그 가족의 몰락을 형상화하고 있는 것입니다.

그런데 이때 제목에서 마모되는 것이 '닳는'이 아니라 '닳아지는'으로 표현되고 있다는 점에 주목할 필요가 있습니다. '닳아지다'는 피동 표현이기 때문에 살들을 닳게 만드는 무엇인가가 존재하고 있다는 뜻이 됩니다. 이 작품 속에서 개인들로 하여금 삶의 의미를 상실하게 만들고, 가족 관계를 해체하여 한 가정이 주저앉게 만드는 것은 무엇일까요? 그것이 무엇인지 작품 속에서 명확하게 설명되고 있지는 않습니다. 다만 '쾅 당 쾅 당'이라는 소리를 통해 표현되고 있을 뿐이지요. 앞에서 설명했듯이 '살들'을 '닳아지게' 만드는 것은 전쟁과 분단의 상처, 그리고 산업화와 근대화의 물결입니다. 결국 이 작품을 통해서 작가는 전쟁과 분단의 상처, 그리고 산업화와 근대화의 물결 속에서 해체되고 몰락하는 한 가족의 모습을 그리고 있는 것입니다.

Q 이 작품은 연작 소설 〈무너앉는 소리〉의 첫 번째 작품이라고 하는데요, 연작 소설 〈무너 앉는 소리〉 전체에 대해 설명해 주세요.

A 〈무너앉는 소리〉는 세 편으로 이루어진 연작 소설입니다. 연작 소설이란, 한 작품에서 나온 인물이나 배경, 또는 사건이 바탕이 되어 그 다음 작품이 전개되는 소설로 장편 소설과 같은 전체성을 지니지는 않지만 인물이나 배경, 그리고 사건의 동일성을 바탕으로 하여 통일성을 가지는 소설을 말합니다. 〈닳아지는 살들〉은 〈무너앉는 소리〉 연작의 제1부에 해당하고, 1963년 7월 「현대문학」에 발표된 〈무너앉는 소리〉가 제2부, 그리고 1963년 12월 「사상계」에 발

표된 〈마지막 향연〉이 제3부에 해당합니다.

제2부인 〈무너앉는 소리〉는 〈닳아지는 살들〉의 결말로부터 두 달여가 지난 어느 날을 배경으로, 이 가족들의 무의미한 관계와 속물화되는 모습을 그린 작품입니다. 〈무너앉는 소리〉는 이 연작 소설 전체의 제목이기도 하고, 제2부의 제목이기도 합니다. 이 작품에서는 〈닳아지는 살들〉에서 가족들의 무의미한 관계를 자각하고 몸부림치던 영희마저 선재와 육체관계를 맺고 임신하면서 무기력한 모습으로 변하게 됩니다. 또한 이 집에 적응하지 못하던 선재 역시 영희가 아닌 같은 직장을 다니는 다른 여자를 임신시키고 무마하는 속물적인 인간으로 변화하게 됩니다. 또한 '쿵쿵' 하는 소리가 〈닳아지는 살들〉의 '꽝 당 꽝 당' 하는 소리를 대신하고 있습니다.

제3부인 〈마지막 향연〉은 앞의 두 작품에 비해서 긴장감이 다소 떨어지는 편인데요, 영희의 가족이 이사하기 전날 밤에 집에서 있었던 일을 다루고 있습니다. 이사를 하게 된 것은 영희와 선재가 나서서 집을 팔고 자기들의 아파트와 또 다른 집을 얻었기 때문입니다. 〈닳아지는 살들〉에서 나타났던 가족의 해체가 이사라는 형식으로 현실화되는 모습이지요. 또한 영희는 안쓰러울 정도로 무너지면서 선재와 함께 속물화되어 갑니다. 정애만이 시아버지에게 연민을 느끼며 가족이 해체되고 이사 가는 것에 대해 안타까움을 느낄 뿐입니다. 이사 가기 전날 가족들은 응접실에 모여 모두가 취하도록 술을 마시는 '마지막 향연'을 벌입니다. 그러나 그 향연 역시 무의미한 것에 불과하지요.

이렇게 세 편으로 이루어진 〈무너앉는 소리〉 연작은 모두 영희라는 주인공을 중심으로, 유대감을 상실한 가족 관계와 가족의 해체 과정을 극적으로 제시하는 한편 무의미한 일상을 영위하면서 속물화되어 가는 현대인의 모습을 보여 주고 있습니다.

※ 더 읽어 봅시다 ※

6·25 전쟁으로 인해 이별한 가족을 통해 전쟁의 비극성을 보여 주는 작품
박완서, 〈엄마의 말뚝 2〉 _〈엄마의 말뚝〉 연작 소설 세 편 중 두 번째 작품으로, 6·25 전쟁으로 인한 개인의 피해의식을 형상화한 작품이다. 6·25 전쟁 중에 아들을 잃고 그 상처를 평생 가슴속의 한으로 간직한 채 사는 어머니의 이야기를 통해 전쟁의 비극성을 보여 주고 있다.

판문점

 6·25 전쟁이 휴전 협정으로 끝난 뒤부터 판문점은 특별한 장소가 되었습니다. 남한과 북한이 갈라지는 장소이자 동시에 만나는 장소이기 때문이지요. 이 작품은 어느 날 판문점에 가게 되는 주인공의 눈을 통하여 1960년대 남북한의 상황과 분단의 현실을 그리고 있습니다. 이 작품이 분단에 대하여 어떤 시각을 보여 주고 있는지 생각하면서 읽어 봅시다.

판문점(板門店) 경기도 파주시 진서면 군사 분계선에 걸쳐 있는 마을. 1953년 7월 27일에 휴전 협정이 조인된 곳이며, 북한군의 군사 정전 위원회 회의실, 중립국 감독 위원회 회의실 등이 있다.

새벽녘에는 빗방울이 들었으나 어느새 구름으로 꽉 덮였던 하늘의 이 구석 저 구석이 뚫리며 비도 멎고 스름스름 개기 시작했다. 그렇다고 쨍하게 맑은 날씨로 활짝 개어 오른 것은 아니고 적당히 구름이 끼고 바람이 불며 끄물거리는 변덕스러운 날씨로 변했다. 해가 떠오르자 비 갠 끝의 습기를 바람이 몰아가고 거무튀튀한 떼구름이 온 하늘을 와당탕 소리를 내듯 이리저리 몰려다녔다. 햇덩이는 그 희고 짙은 모습을 잠시 나타냈다가는 검은 구름 속에 묻혀 눈이 시지 않고도 바라볼 수 있게 귀여운 모습의 또렷한 윤곽이 되기도 하고, 육중한 떼구름에 휩싸여 빠져나오

들다 눈물, 빗방울 등의 액체가 방울져 떨어지다.
스름스름 눈에 뜨이지 않게 조금씩 움직이는 모양.
끄물거리다 날씨가 활짝 개지 아니하고 자꾸 흐려지다.
거무튀튀하다 너저분해 보일 정도로 탁하게 거무스름하다.
떼구름 떼를 이룬 구름.
햇덩이 둥글둥글한 해의 덩이. 또는 그런 모양으로 보이는 해.

려고 안간힘을 쓰기도 했다. 함석지붕들이 새말갛게 반짝이는가 하면 어느새 그늘에 덮여 둔탁해지기도 하였다. 볕과 그늘이 뒤바뀌고 게다가 바람까지 불어, 거리는 수선스럽게 들떠 보였다.

정각 여덟 시에 버스는 조선 호텔 앞을 떠났다. 금방 서울을 빠져나오자 추수가 끝난 황량한 들판을 마른 먼지를 일으키며 내처 달렸다.

진수(鎭守)는 초행길이었다.

"내일 판문점 구경 가게 됐어요."
하고 어제 초저녁 형님에게 말하자,
"뭐, 판문점? 글쎄, 가는 것은 좋다만 조심해라."
형님은 이렇게 긴치 않게 받았다.
"을씨년스럽지 무슨 구경이 되겠어요. 끔찍스러워."
하고 급하게 웃저고리를 걸치고 난 형수가 형님을 흘끗 쳐다보며 한마디 했다.

웃저고리를 갈아입은 형수에게서는 방 전체에 떠도는 화장품 냄새와 더불어 약간 불결한 냄새가 났다. 필요 이상으로 도사연해서 앉아 있는 형님에게서도 비슷하게 역겨운 것이 풍겼다.

함석지붕 표면에 아연을 도금한 얇은 철판인 함석으로 인 지붕.
새말갛다 샛말갛다. 매우 산뜻하게 맑다.
긴하다(緊--) 1. 꼭 필요하다. 2. 매우 간절하다.
을씨년스럽다 소름이 끼칠 정도로 싫거나 매우 지긋지긋한 데가 있다.
도사연하다(道士然--) 도를 갈고닦는 사람인 체하다.

"끔찍스럽긴 무엇이 끔찍스러."

형님이 형수를 향해 괜히 눈을 부릅뜬다.

'옳지, 저렇게 위엄을 부리는구나. 좀 전에 굉장히 사랑을 했는가 보군. 괜히 쓰윽, 내가 있으니까.'

진수는 마음속으로 이렇게 웃었다. 형수는 한순간 약간 풀이 죽은 낯색이 되었다가 곧 되살아났다.

"무슨 별 준비 없어두 되나?"

형님 들으라는 말이 분명하여 진수는 형님이 대답하거니 알고 그편을 바라보았다.

그러나 형님은 신문을 들여다보면서 형수 말을 묵살하였다.

그제야 진수가 다급하게 대답하였다.

"무슨 준비가 필요해요, 필요 없어요."

형님은 다시 온전하게 따스한 낯색이지만 근친다운 우려도 약간 깃들인 투로 말하였다.

"하여튼 조심해라."

"네."

더블베드에 눕힐 법도 한데 더블베드는 비어 있고 조카아이는 바닥에 눕혔다. 라디오에서는 가느다란 음악이 흘러나왔다. 형수가 그것을 껐다. 형수의 조심스럽게 핥는 듯한 눈길이 잠시 형님의 몸 둘레를 감돌았다. 형님은 턱수염을 만지작거리면서

근친(近親) 촌수가 가까운 일가(一家).

그냥 신문만 들여다보았다. 다시 형수는 진수를 건너다보며 조금 미안한 표정을 하였다. 형님을 바라보다가 진수에게로 돌리는 그 표정의 변화가 엄청나게 느껴졌다.

"몇 시간이나 걸려요?"

형수가 또 물었다.

"한 두어 시간 걸린다더군요."

"아이, 좀 지루하겠군."

하고 형님을 또 바라보면서 하는 형수의 말은 지리 여부˙보다도 '안 그렇소, 여보' 하고 형님의 얼굴을 이쪽으로 돌려 잡자는 속셈 같았다.

형님은 일부러 그러는 것이 완연하게˙ 그냥저냥 신문에만 두 눈을 꼬나박고˙ 있었다.

마침 조카아이가 깨어 칭얼거렸다.

형수가,

"응, 응, 잘 잤니, 푸욱 잤어? 어이쿠, 기지개를 다 켜구, 어이쿠, 됐다아."

'이것 좀 봐요. 여보, 애 기지개 켜는 것 좀 봐요. 좀 보래두.'

이렇게 또 형수는 형님을 쳐다보다가 조금 뾰로통해지는 듯했으나, 진수 편을 힐끗 보고는 다시 차악 가라앉아졌다.

여부(與否) 그러함과 그러하지 아니함.
완연하다(宛然--) 눈에 보이는 것처럼 아주 뚜렷하다.
꼬나박다 꼬라박다. 거꾸로 내리박다.

젖을 물렸다.

한참 형수는 진수를 향해 두 눈을 끔쩍끔쩍하고는 다시 애를 들여다보며 물었다.

"종혁아, 아재* 어딨니?"

진수는 별 뜻도 없이 히죽이 웃었다.

조카아이는 젖을 문 채 한 팔을 뒤로 돌리며 진수 편을 가리켰다.

"응, 거깄어?"

"또 아빠는?"

조카는 다시 같은 몸놀림으로 형님 쪽을 가리켰다.

"응, 아빠는 거기 있군."

하고 형수는 통째로 깨물어 먹고 싶은 듯이 와락 조카를 끌어안았다.

비로소 형님이 눈길을 들었다. 순간 형수의 눈빛이 반짝했으나 형이 형수나 조카는 거들떠보지도 않는 것을 알자 다소곳이 머리를 수그리며 조심스럽게 애를 들여다보았다.

"몇 시에 떠나니?"

형님이 진수를 향해 조금 단호한 억양으로 물었다.

"여덟 시에 조선 호텔 앞에서 떠나요."

이젠 나가라는 신호인 듯해서 진수는 부스스 일어서 형님 방

아재 '아저씨'의 낮춤말. 결혼하지 않은, 아버지의 남동생을 이르는 말.

을 나왔다. 그리고 생각했다.

  자기가 나왔으니까 형님과 형수와 조카의 사이는 온전하게 그들대로의 분위기로 되돌아갔을 것이다. 형님은 와락 다가앉으며 형수의 엉덩이를 한번 꼬집어 볼 수도 있을 것이다. "아이, 왜 이래요오, 주책없이." 형수는 이렇게 소곤대는 목소리로 눈을 흘길 것이다. "안방에서 들어요. 이러지 말아요. 글쎄, 주책없이." 그러나 형수도 알고 있을 것이다. 그들만의 자리가 됐으니까 이러는 것을. 으례 딴 사람이 있으면 사또님이나 된 것처럼 근엄하게 도사리고 있는 남편을. 자연스럽고도 능청맞게 오므라졌다 펴졌다 하는 남편의 그 융통성에 속으로는 감탄할는지도 모른다. 정작 그들만의 분위기가 되면 형님은 애송이처럼 응석을 부리고 도리어 형수가 조금 전의 형님 같은 표정이 될지도 모른다. 형님이 애걸조가 되고 형수가 비싸게 굴지도 모른다. 여자란 은근히 이런 것을 바라고 있을지도 모른다. 사실 형님에겐 치사한 구석이 있다. 형수와 조카는 끔찍이 사랑하고, 어머니나 자기를 두고는 집안에서의 제 처신, 마땅히 해야 할 제 도리 같은 것만 우선 생각한다. 그리고 그 처신이나 도리는 적당히 작위적인 진지성을 수반하기가 일쑤이다.

주책없이 일정한 줏대가 없이 이랬다저랬다 하여 몹시 실없이.
도사리다 어떤 곳에 자리 잡고서 기회를 엿보며 꼼짝 않고 있다.
애걸조(哀乞調) (소원을 들어 달라고) 애처롭게 비는 듯한 말투나 태도.
작위적(作爲的) 꾸며서 하는 것이 두드러지게 눈에 띄는. 또는 그런 것.
수반하다(隨伴--) 어떤 일과 더불어 생기다. 또는 그렇게 되게 하다.

"어머님이 원래 동태찌개를 좋아하시는데, 저녁엔 그것 좀 하지 그랬어. 그러구 어머님이 늙으시구 쓸쓸하시어서 이것저것 잔소리가 심할 테지만 그런 걸 고깝게 여기면 못쓰니까 조심하구. 겸상으로 밥을 먹을 때도 진수는 내 밥그릇과 제 밥그릇을 은근히 살피고 있어. 그런 건 아무리 소탈한 사람이라도 미묘하게 작용하는 법이니까 당신이 자상히 신경을 써야 돼. 진국(鎭國)이한테서 어제 기별이 온 모양인데, 돈을 좀 부쳐 달라는 가봐. I need money. 마지막에 조심스럽게 이렇게 썼더라잖아. 진수 얘긴 농담 비슷했지만 아무래도 좀 부쳐 줘야 할까 봐. 지금 얼마 남아 있어? 그쪽 돈은 말구, 종혁이 이름으로 된 통장 있잖아. 거기서 좀 떼 보지 그래." 설령 그들만이 됐을 때 이렇게 제 아내에게 진지한 설교조로 말을 한다 해도 그러는 표정에는 작위적인 것이 번뜩일 것이다. 비록 형수가 이런 설교를 들으며 순순히 받아들이는 표정이었다고 하더라도, 조금만 지나면 그런 것은 아무래도 좋고 까마득히 잊어버릴 것이다. 형님은 더욱 치근치근하게 형수에게로 다가앉을지도 모른다. 이렇게 한집에서조차 느껴지는 이역감, 일정한 상거가 이즈음 와서 진수로 하여금 구체적으로 여자라는 것, 결혼이라는 것을 생각

고깝다 섭섭하고 야속하여 마음이 언짢다.
치근치근하다 성가실 정도로 자꾸 은근히 귀찮게 굴다.
이역감(異域感) 다른 나라의 땅이나 다른 곳에 있는 것 같이 느껴지는 이질감.
상거(相距) 서로 떨어짐. 여기에서는 '진수가 형과 형수에게 느끼는 거리감'을 뜻한다.

하게 하는 것이다. 그러나 좀 전에 형님이 "가는 것도 좋지만 조심해라." 하던 그 근친다운 우려의 눈길은 진수로서 그러지 않아도 외포가 곁들인 판문점행을 더욱 꺼림칙하게 한 것만은 틀림이 없었다. 간밤 내내 판문점이라는 곳이 풍겨 주는 이역감은 니깃니깃한 기름기로서 소용돌이쳤다. 판문점이 중유 같은 물큰물큰한 액체 더미가 되어 우르르 자갈 소리를 내면서 몰려오기도 하고, 우둘투둘한 바윗덩어리로서 우당탕거리며 달아나기도 했다. 그런가 하면 판문점이 상투를 한 험상궂은 노인이기도 했다. 시뻘건 두루마기를 입고 가로 버티고 서서 이놈 소리를 지르기도 했다. 호되게 매를 맞은 일이 있는 국민학교 4학년 때 담임 선생이기도 했다. 밤새 판문점에서 쫓겨 다니는 꿈을 꾸었다.

새벽에 집을 나서는데 어머니가 말했다.

"조심해라, 또 덤벙대지 말구."

"네."

어머니의 그 자애로운 눈길을 쳐다보며 진수는 '어머니가 역시 제일 좋군. 혼자 늙어지면 참 삭막할 거라.' 하고 조금 쓸쓸

외포(畏怖) 몹시 두려워함.
니깃니깃하다 니글니글하다. 먹은 것이 내려가지 않고 자꾸 메스꺼워 곧 토할 듯하다.
중유(重油) 원유에서 휘발유, 등유, 경유 등을 뽑아낸 검은 갈색의 걸쭉한 찌꺼기 기름. 주로 디젤 기관과 보일러의 연료나 윤활유, 방부제, 인쇄 잉크 등의 원료로 쓴다.
물큰물큰하다 연하고 부드러운 느낌이 날 정도로 매우 물렁물렁하다.
✽ 밤새 판문점에서 쫓겨 다니는 꿈을 꾸었다 판문점에 대한 두려움과 긴장감이 컸다는 것을 표현한 구절이다.
자애롭다(慈愛--) 아랫사람에게 베푸는 사랑과 정이 깊다.

한 생각을 했다.

　한 시간 남짓 달린 버스 속은 외국인 기자들의 웃음소리와 잡담으로 하여 또 다른 이역의 분위기로 무르익어 있었다. 그것은 집에서처럼 섬세하게 느껴지는 미묘한 이역감이 아니라 뚜렷한 이역감이었다.

　서양 사람들이란 한 사람 한 사람 따로따로 보면 별로 구별이 없을 듯하지만, 몇 사람을 한데 놓고 차근차근 뜯어보면 제각기의 특색을 특색대로 찾아낼 수가 있다.

　대개 머리통이 크고 머리칼은 샛노랗기도 하고 짙은 다갈색이기도 하고, 그런가 하면 신비스럽도록 보얀 은실빛이기도 하고 눈알빛˚ 또한 가지각색이다. 꼭 장난질로 물감칠을 한 유리알을 박아 놓은 듯이 영롱하게 새파란 눈, 보랏빛 눈, 혹은 회색빛이 도는 눈, 게다가 육중한 코, 전체로서 꽤나 입체적으로 음영˚이 짙으면서도 어느 구석인가 잔뜩 입김을 불어넣어서 풍선처럼 허황하게 부풀게 한 것 같은 멀렁한˚ 얼굴, 팔, 다리, 손 등 할 것 없이 부성부성하게˚ 노르끼한˚ 솜털……. 도무지 사람 같지가 않고 괴이한 짐승처럼 보이는 것이다. 그러나 표정 하나하나의

눈알빛　눈동자의 색.
음영(陰影)　색조나 느낌 등의 미묘한 차이에 의하여 드러나는 깊이와 정취.
멀렁하다　물렁하다. 부드럽고 무르다.
부성부성하다　부숭부숭하다. 잘 말라서 물기가 없고 부드럽다.
노르끼하다　노르께하다. 곱지도 짙지도 않게 노르다.
　노르다　달걀노른자의 빛깔과 같이 밝고 선명하다.

움직임과 노는 짓들은 순진성과 간교성을 범벅으로 지니고 있고, 우리네보다 훨씬 낙천적인 구석이 있어 보인다. 그리고 그 노는 짓들을 가만히 살펴보면 제각기 그 성격의 윤곽들도 금방 짚이는 것이다. 맨 앞쪽에 몸을 쉴 사이 없이 움직이며 웃음거리나 없나 해서 잔뜩 기갈이 들린 좀 주책없어 보이는 사람, 원체 앞자리가 멀어서 말은 못 알아듣겠지만 그 과장이 섞인 손놀림과 요란스러운 뒷모습, 얘기를 듣는 사람들의 심드렁한 표정 등으로 미루어 별로 우습지도 않은 얘기를 애써 우습게 얘기하려는 것이 완연하였다. 한 대목이 끝나면 이따금 그 주위에서 한가한 웃음이 터지곤 하지만 어쩐지 보기에도 딱했다. 정말 우스운 것이라면 이 정도로 떨어진 자리에서도 그 분위기에 저도 모르게 전염되어 웃음이 비어져 나올 것이다. 그러나 이따금 터지는 그쪽의 한가한 웃음은 이 버스 칸 전체의 메마름을 차라리 의식하게 해 주고, 그럴수록 진수에겐 생소한 이역감만을 배가시키는 것이다. 더더구나 그 작자 바로 앞에 앉은 사람은 자못 호인풍이어서, 그 작자에게서 좀 놓여나고 싶은 모양이지만, 할 수 없이 억지로 꾹 참고 견디는 표정이 이쪽에서 보는 사람조차 슬그머니 조바심이 나고 안타까워졌다. 드디어는 하품이 나오

간교성(奸巧性) 간사하고 교활한 성질.
❋ 기갈이 들린 '기갈(飢渴)'은 배고픔과 목마름을 아울러 이르는 말로, '기갈(이) 들다'는 '무엇을 가지고 싶어 하는 마음이 매우 간절하다'를 의미한다.
호인풍(好人風) 성품이 좋은 사람의 풍모.

자 힐끗 그 앞사람 표정을 살피고는 반쯤 입을 벌리는 듯하다가 어물어물 다시 다물어 버린다. 순간 그 작자도 잠시 그쳤다가 염치없이 다시 얘기를 잇는다.

진수는 뒤쪽에 앉아 혼자 히죽이 웃었다. 순간 공교롭게도 그 자와 눈이 마주쳤다. 그도 조금 창피한 듯 히죽 웃고는 외면을 하고 있었다.

'사람들이란 참 묘해. 이렇게 멀리 앉아 있어도 어떤 순간, 한눈에 완벽한 교류가 가능해지니 말야.'

바로 그때 진수 뒤에서 우렁우렁한 목소리가 울렸다. 물론 영어였다.

"헤이 캐나리, 무얼 그리 또 짖어 대구 있어?"

'아이쿠, 시원해라. 나말구두 또 있었구먼.'

진수는 번쩍 정신이 들듯이 뒤를 돌아보았다.

버스 속이 술렁대었다.

"뭐라구?"

앞쪽 당사자가 휘딱 돌아보며 받았다.

"보아하니, 그닥 재미가 없는 얘기 같은데, 대관절 무슨 얘길 혼자서만 신바람이 나서 그 야단이야? 보고 있자니 딴 사람들이 딱하지 않나. 난 미리 피해서 여기 와 앉았지만."

'어이쿠, 시원해라. 익살이긴 하지만 익살치군 신랄한 익살

신랄하다(辛辣--) 사물의 분석이나 비평 등이 매우 날카롭고 예리하다.

인걸. 저런 것이 사람을 죽이지, 죽여. 그자도 기가 꺾일걸.'

순간 온 버스칸이 들썩이도록 웃음이 터졌다. 누구나가 그 작자가 빚어내는 버스 안의 탁한 분위기를 똑같이 역겹게 느끼고 있었던 모양이었다.

"오키나와 얘기야."

그 작자가 받았다.

"오키나와가 어쨌기?"

뒷사람이 다시 질러 댔다.

"오키나와 풍속 얘기."

이번엔 그 작자 앞의, 조금 전에 하품을 하던 자가 받았다.

"다 아는 얘길 뭘 지껄여."

"오키나와 여잔 맨발로 다닌대나."

"별 신통한 얘기도 아니군그래."

맨 뒷자리에 앉았던 또 다른 녀석 하나가 이렇게 가시 돋친 소리로 톡 쏘았다.

순간 버스 안은 다시 조용해졌다. 모두가 어느 맨바닥으로 풀썩 주저앉은 표정으로 제각기 손목시계들을 보았다. 새삼스럽게 버스 엔진 소리가 와랑와랑* 부풀어오르고 누구인가가 한국말로, "아직 멀었나?" 하고 지껄이고 있었다.

문득 진수의 눈엔 건너편 자리에서 투박한 남색 코트 차림인

---

* 와랑와랑 울리는 소리가 몹시 요란스럽게 큰 모양.

늙수그레한 여기자 하나가 주위의 이런 동정에는 아랑곳없이 소곤소곤 열심히 재잘거리고 있는 것이 돋보였다. 그 옆의 남자는 남편이라는 것이어서 부부 동반으로 나와 있는 기자들이라는 것이다. 그러고 보니까 역시 말하는 표정에 집안 얘기다운 자상하고도 따뜻한 구석이 느껴진다. 남편은 홈스펀 웃저고리에 코르덴 바지의 수수한 차림이고 두툼한 고불통을 물었지만 아무리 보아도 들이빠는 기척이 없다. 이제나이제나 하고 안타깝게 바라보는 것이나 전혀 들이빨지는 않는다. 저런 망할 자식이, 드디어 진수는 이렇게 악을 쓰듯이 속으로 뇌까렸다. 아내 쪽은 보지 않고 똑바로 제 앞만 바라보고 있는 것이 엊저녁의 형님처럼 그런대로 남편다운 위엄이 늠름하다. 한참 만에야 드디어 빽빽 힘을 주어 고불통을 빨다가 서서히 고불통 끝을 만져보고, 불이 꺼진 것을 알아차리고도 전혀 표정이 없이 호주머니에서 라이터를 꺼내 불을 댕겼다. 잠시 말을 끊고 이러는 남편을 아내가 차근히 지켜본다. 둘 사이의 더께가 앉을 정도의 때

동정(動靜) 일이나 현상이 벌어지고 있는 낌새.
홈스펀(homespun) 양털로 된 굵은 방모사를 써서 손으로 짠 모직물. 또는 그와 비슷하게 기계 방적사로 짠 것. 양복감으로 쓴다.
코르덴(← corded velveteen) 누빈 것처럼 골이 지게 짠, 벨벳과 비슷한 옷감.
고불통(--桶) 흙을 구워서 만든 담배통.
들이빨다 안쪽으로 빨다.
뇌까리다 불쾌하다고 생각되는 상대편의 말이나 행동, 태도에 대하여 불쾌하다는 뜻을 담은 말을 거듭해서 자꾸 말하다.
댕기다 불이 옮아 붙다. 또는 그렇게 하다.
더께 몹시 찌든 물건에 앉은 거친 때.

묻은 익숙함이 단려하게 느껴진다. 그러나 그 단려한 냄새도 역시 어딘가 서양풍의 이역 냄새였다. 둘이 다 팔자 좋게 곱게 걸어온 그들 인생의 편린이 번뜩였다. 드디어 남편의 담뱃불이 댕겨지고 푸른 연기가 고불통에서 피어나자, 아내의 얼굴에도 비로소 안심하는 표정이 떠오른다. 다시 좀 전의 얘기를 계속한다.

 하버드(대학)에 다니는 큰아이는 위가 약해서 탈이야요. 어제 편지에도 그저 위 타령이군요. 참, 내 정신 좀 봐, 깜박 잊었었네. 후리맨한테서도 편지가 왔어요. 왜 있잖아요. 좀 덤벙대는 애. 큰애 친구, 농구인가 한다는 애 말예요. 별소린 없구, 그저 안부 편지이긴 하지만 우스운 소리를 썼어요. 요새두 당신하고 꼭 붙어만 다니느냐구. 늙어서까지 그러면 다른 사람에게 남편이 공처가로 보이는 법이니까 조심하라구. 나 같으면 아마 죽을 지경일 거라구. 우스워 죽겠어······. 그렇게도 무뚝뚝하게만 보이던 남편의 표정에 미소가 어리는 것이 이런 얘기라도 하고 있는 모양이다. 그녀의 얘기는 그냥 계속된다. 작은애의 서독 여행은 괜찮았나 보죠. 이탈리아, 스페인, 스위스, 희랍까지 돌았다지만 돈이 모자라서 북구라파엔 못 갔던 것을 아쉬워하더군

단려하다(端麗--) 단정하고 아름답다.
편린(片鱗) 한 조각의 비늘이라는 뜻으로, 사물의 극히 작은 한 부분을 이르는 말.
공처가(恐妻家) 아내에게 눌려 지내는 남편.
희랍(希臘) 그리스. 유럽 동남부 발칸 반도의 남쪽 끝에 위치한 공화국.
북구라파(北歐羅巴) 북유럽. 유럽의 북부 지역을 이르는 말. 덴마크, 스웨덴, 핀란드, 노르웨이 등의 여러 나라가 있다.

요. 이렇게 썼어요. 마마, 파파, 돈 좀 더 버세요. 다음 방학 때는 기어이 덴마크, 노르웨이, 스웨덴의 엽서를 뭉텅이로 마마, 파파에게 보낼 수 있도록. 알프스는 확실히 멋있어요. 희랍의 인상도 꽤나 큰 것이었지요. 나는 거기서 비로소 미국이라는 나라는 덩어리만 컸지 뿌리는 약하다고 실감으로 느낄 수 있었지요. 그것만도 큰 수확이었지요. 미국은 어떤지 아세요? 좀 떠 있고 허황하고 알이 찬 맛이 없어요. 역시 몇천 년의 전통을 지닌 나라는 비록 가난하더라도 육중하고 부피가 있고 이편을 압도하는 것이 있어요. 그것은 중요한 것이지요. 우리들의 교양이라는 것은 우선 그런 것에 밑받쳐져 있어야 할 것 같아요. 겉만 핥지 말고 부박하지* 말아야지요. 이번에 참 많이 배웠어요. 이렇게 제멋대로 응석을 부려둔 큰애보다는 자주성이 있고 단단하고 활달해서 사회에 나가더라도 빨리 익숙해질 것 같긴 해요. 아는 것도 빠르구. 어떻게 생각하세요, 당신은? ……참, 어제 대사 부인을 만났어요. 당신 안부를 묻더군요. 여전히 무뚝뚝하냐구, 무슨 멋으로 붙어 다니느냐구. 그래서 여전히 무뚝뚝하다고 대답해 줬지요. 그 부인의 조크*는 좀 고급이야요. 어떻게 생각하세요? 며칠 전에 왜 파티가 있었잖아요. ICA*의 그 누구인가 한 사람이 주관한……. 그 사람 이름이 뭐랬더라? 그 사람 좀 지저

부박하다(浮薄--) 천박하고 경솔하다.
조크(joke) 농담. 실없이 장난으로 하는 말이나 익살.
ICA 국제 협조처. 미국 국무부의 한 기관으로, 군사 원조 외의 모든 대외 원조를 관할하던 곳.

분하답디다. 엉큼한 사람이라고 말들이 많더군요. 자세한 내용은 모르겠지만, 어떻든 말이 많아요. 당신도 조심하세요. 올가미에 걸려들지 말구……. 그녀의 얘기는 그냥 계속되는데 이런 이야기라도 하고 있는 모양이었다.

진수는 입에 단침이 괴어 와, 창문을 조금 열면서 뒤에 앉은 외국인 기자에게 열어도 괜찮겠느냐는 눈짓을 보냈다. 그는 어느새 졸고 있다가 화닥닥 상체를 일으키더니 덮어놓고 올라잇 올라잇, 털이 부숭부숭한 손까지 흔들어 보이면서 좋다고 하였다.

진수는 조심스럽게 괸 침을 창밖에다 뱉어 냈다.

순간 버스는 임진강을 넘어서고 있었다. 와당탕와당탕거리며 다리를 건너는데, 처참하게 비틀어진 쇠기둥이 강으로 곤두박질을 하고 있고, 동강 난 철판때기가 삐뚜름히 걸려 있기도 하여, 비로소 판문점행이라는 처절하고도 뚜렷한 의식과 결부˚가 되어서 웬 노여움 같은 것이 울컥 치밀어 올랐다.˟

버스 안에서는 그렇게도 돋보이던 외국인들이었지만 정작 판문점에 이르자, 그 냄새와 단련한 기운이 푸석푸석 무너져 보였다. 누구나가 회 범벅 같은 얼굴˟로 꽤나 생소한 듯이 어리둥

결부(結付) 일정한 사물이나 현상을 서로 연관시킴.
˟ 처참하게 비틀어진 쇠기둥이 ~ 울컥 치밀어 올랐다 처참하게 비틀어진 쇠기둥의 모습이나 동강 난 철판의 모습을 보자 전쟁과 휴전의 역사가 떠올랐고, 그와 동시에 판문점이 바로 분단의 장소라는 것을 뚜렷하게 의식하게 됨으로써 그로 인해 노여움 같은 감정을 느끼게 되었다.
˟ 회 범벅 같은 얼굴 석회를 잔뜩 바른 것 같이 부자연스럽고 작위적인 얼굴.

절해서 판문점 둘레를 돌기만 했다. 이것저것 덮어놓고 카메라의 셔터를 누르기도 했다.

버스 안에서 주책없이 지껄여 대던 그 작자가 북쪽 경비병에게 카메라를 들이댔다가, 순간 저쪽에서 와락 눈을 부릅뜨면서 돌아서니까 싱긋이 웃고는 그도 그냥 돌아섰다. 제 동료한테로 가서 턱으로 그 경비병을 가리키며 잔뜩 주눅 든 얼굴로 속삭이듯이 말했다.

"저 사람 화났어."

"누구?"

"저 죄꼬만 경비원 말이야."

그들은 잠시 한가하게 웃었다.

남편과 쉴 사이 없이 재잘거리던 그 늙은 여기자가 진수에게로 다가오더니 차이니즈는 어느 편에 앉았느냐고 물었다. 아마 저 안쪽에 앉은 세 사람일 것이라고 하니까, 겁겁하게° 그편을 흘끗거리곤 생큐 생큐 하고 호들갑스럽게 지껄였다.

어느새 북쪽 기자들이 나와 있었다.

이편 사람들이거니만 여겼는데, 어딘가 다른 구석이 있어 찬찬히 살펴보니 나팔바지에 붉은 완장°을 찼다. 피식피식들 웃으면서 우르르 어울려 들었다. 서로 낯이 익어진 사람들끼리 인사

겁겁하다(劫劫--) 성미가 급하고 참을성이 없다.
완장(腕章) 신분이나 지위 등을 나타내기 위하여 팔에 두르는 휘장.

를 하는가 보았다.

"오래간만입니다."

땅딸막한 사람 하나가 이편 사람에게 이렇게 말했다.

"오우, 나왔어?"

인사를 받은 이편 사람이 더 익숙한 투를 내며 반말지거리로 받았다.

허풍이 섞인 우월감과 상대편에 대한 은근한 경멸기가 범벅이 된, 언뜻 보기에도 조금 냉랭했다.

"담배 피우기요?"

저편에서 나온 사람이 담배를 권하자,

"또 공세로군."

하고 이편 사람이 받았다. 그러면서도 권하는 대로 담배 한 대를 뽑았다.

"당신들은 그 무슨 소리요? 공세 공세 하는데, 대체 알아듣지 못할 소릴 헌단 말야."

저편 사람이 또 이렇게 말했다.

"이러지 말어. 괜히 능청 떨지 말구. 솔직히 탁 터놓구 말해."

이편 사람이 받았다.

"그 좋은 소리군. 그래, 솔직히 터놓구 말합시다."

반말지거리(半----) 반말로 함부로 지껄이는 일. 또는 그런 말투.
공세(攻勢) 공격하는 태세.

저편 사람이 또 이렇게 말했다.

진수는 혼자 히죽이 웃었다.

'재미있군.'

그 광경을 멍청히 건너다보고 있던 외국인 여기자가 옆에서 귓속말로 물었다.

"저 사람 지금 뭐라고 말해요?"

"미국 사람들은 다 나가라고 그러는군요."

"오우, 그래요? 무서워라."

그녀는 놀라운 듯이 중얼거렸다. 잠시 동안 더 그쪽을 뚫어지게 건너다보다가 뒤 어깨가 조금 밑으로 처져서 저편 남편 있는 쪽으로 걸어갔다. 남편에게 가서 그쪽을 가리키며 무엇이라고 중얼대니까 남편은 여전히 표정이 없이 그편을 흘끗 한 번 쳐다볼 뿐 그냥 외면을 하였다.

"누님 나오셨소? 우리 누님 나오셨군. 오랜만이외다. 어떻게, 장산 잘되우?"

씽씽 바람이 이는 듯이 휘익 들어와 허옇게 살이 찌고 굵은 검은 테 안경을 낀 사람 하나가 북쪽에서 나온 서른 살 남짓 되어 보이는 조금 덕성스럽게 펑퍼짐하게 생긴 여기자에게 이렇게 기차 바퀴 지나가는 듯한 소리로 말했다.

치마저고리를 입고 있어서 이편 여자인 줄 알고 있었는데,

덕성스럽다(德性---) 성질이 어질고 너그러운 데가 있다.

자세히 보니 붉은 완장을 차고 있었다. 그녀는 두 눈이 감기게 웃으면서 반색을 했다.

"어이구, 여전하시구료. 노동자 농민들 피땀을 빨아서 피둥피둥해지셨군. 더 뻔뻔해지구."

그녀는 이렇게 말하면서도 악수를 청하였다.

"허, 이거 왜 이래. 만나자마자 또 공세문 곤란한데. 장산 좀 됐다 하구 우선 인사나 하고 봅시다레."

손을 잡으면서 안경잡이가 말했다.

"공센 무슨 공세라고 그래. 공세 혼살이 났는지 원, 지레 벌벌 떨기부터 하니 지은 죄가 단단히 있나 보군."

주위 사람들은 히죽히죽 웃었다. 외국 기자들도 그 오고 가는 표정만으로도 짐작이 가는 듯 피식피식 웃었다.

"우리 매부께서도 안녕하시구, 조카아이들도 다아 잘 있구요? 참, 시아버지 모시기 고생되지 않소? 무척 고생이 될 텐데. 난 누님 고생을 생각하문 밤잠도 제대로 못 자지 않수."

안경잡이가 또 말했다.

그녀는 손으로 입을 가리고 나오는 웃음을 겨우 참아 냈다.

"당신은 왜 그렇게 허풍이 심하오? 배운 건 허풍만 배웠소?"

반색 매우 반가워함. 또는 그런 기색.
혼살 '혼쭐'의 사투리인 '혼쌀(魂-)'. '혼'을 강조하여 이르는 말.
　혼(魂) 사람의 몸 안에서 몸과 정신을 다스린다는 비물질적인 것.
지레 어떤 일이 일어나기 전 또는 어떤 기회나 때가 무르익기 전에 미리.
매부(妹夫) 손위 누이나 손아래 누이의 남편을 이르거나 부르는 말.

조금 전의 그 땅딸막한 사람이 그 사이로 비집고 끼어들었다.

"그래, 난 허풍만 배웠다. 당신은 실속만 차려서 그렇게 쬐끄매졌군. 딱하다, 딱해. 이런 젠장, 누님하고 마음대로 인사도 못 하겠군."

이편에서 간 사람들이 와르르 웃음을 터뜨리자, 그 땅딸막한 사람도 조금 쓰겁게 웃으면서 말했다.

"영 안 통하는군. 아주 썩어 문드러졌군. 정말 딱하오."

"정말 딱하우. 이런 것이 왈 유머라는 거야. 유머라는 말 배워 줘? 모르지? 거기선 모를 거야. 설명을 해 줘?"

마침 안에서 마악 회담이 시작되고 있어, 잠시 조용했다.

진수는 창턱에 두 팔을 걸치고 안을 들여다보았다.

"초면이신 것 같은데, 처음 나오셨지요? 안녕하세요?"

등 뒤에 상냥스러운 목소리가 들려 고개를 돌렸다. 빵긋 웃는 낯빛이다. 눈알이 투명하게 샛노랗고 얼굴이 납작하고 기미가 끼고 그런대로 깜찍하게 생겨 있었다. 남색 원피스에 붉은 완장을 찼다. 예사 처녀가 예사 총각에게 흔히 하듯, 수줍음이 어린 웃음을 띠었다. '야, 요것 봐라.' 하고 진수는 생각하면서도,

"네, 안녕하세요."

하고 받았다.

쓰겁다 '쓰다'의 사투리. 달갑지 않고 싫거나 괴롭다.
회담(會談) 어떤 문제를 가지고 거기에 관련된 사람들이 한자리에 모여서 토의함. 또는 그 토의.

아리랑 담배를 피워 물면서 비스듬히 그녀 편으로 돌아섰다.

"저, 서울에도 간밤에 비 많이 왔지요?"

그녀가 또 이렇게 물었다. '어럽쇼, 금니까지 하고.'

"네? 비 많이 왔지요?"

다시 그녀가 재우쳐 물었다.

"네."

"저, 어디 기자세요?"

"광명통신요."

"네에, 그래요?"

진수는 가슴이 조금 후들거렸다.

마침 저편에서 조금 전의 그 안경잡이가 다시 큰 소리로 악악거렸다.

"이를테면 유머라는 것은 말이야, 당신들에게서는 백번 죽었다가 깨도 알 수 없는 것, 사람이 제대로 사람 구실을 하기 시작해서 얼마쯤 더 있다가야 서서히 알아지는 거란 말야, 알아? 알아듣겠어? 이렇게만 말해선 거긴 잘 모를 거야."

"여보, 지껄여도 침이나 튀지 않게 좀 지껄여."

"이런 젠장, 월사금을 받아두 시원치 않겠는데, 간섭이 왜 이

아리랑 담배 1958년에 나온 한국 최초의 필터담배.
재우치다 빨리 몰아치거나 재촉하다.
여보 어른이, 가까이 있는 자기와 비슷한 나이 또래의 사람을 부를 때 쓰는 말.
월사금(月謝金) 예전에, 학교에 다달이 내던 수업료.

리 심해. 이건 중요하니까 배워 둬요. 손해는 절대로 없을 테니까."

진수는 발작적으로 폭소가 터져 나와 손으로 입을 가리며 키들키들 웃었다. 무언가 대번에 수월해지는 느낌이었다.

"참, 저런 사람을 어떻게 생각하세요?"

그녀가 미간을 조금 찡그리면서 물었다.

"네? 어떻게 생각하세요?"

"글쎄, 사람 재미있지 않소."

진수는 그녀를 건너다보며 또 웃음이 터져 나오려는 것을 겨우 참았다. 그녀도 조금 웃는 듯하더니 일순 싸악 웃음이 벗겨지며 말했다.

"무엇이 덕지덕지 껴묻었어요. 그게 뭐냐 하면 실속 없이 곡예사 같은 몸짓만. 저런 걸 재미있다고 생각하는 건 이를테면 타락의 징조야요. 이럭저럭 와랑와랑한 소음으로 속임수를 쓰는 거, 솔직하지가 못해요. 어떻게 생각하세요?"

'제법 지껄이는데.'

진수는 이렇게 생각했으나, 곧장 그녀의 말을 받았다.

"그렇지만 말요. 곡예사 같은 몸짓, 타락의 징조 운운하는데, 그것이 벌써 당신 머릿속의 어느 함정을 뜻하는 거죠. 당신들

미간(眉間) 양미간. 두 눈썹의 사이.
곡예사(曲藝師) 줄타기, 곡마, 재주넘기, 공 타기 등의 연예를 전문으로 하는 사람.

은 어떤 개개의 양상을 객관적인 큰 기준과의 관련 속에서만 포착하지만, 우리네에선 그렇지가 않아요. 저런 것이 비록 당신 말대로 속임수라고 쳐도 속임수치고는 즐겁고 순진한 것이라 그런 말이지요. 타락의 징조라는 것도 명확한 개념으로 간단히 처리될 성질은 아니지요 어떤 분위기가 완숙의 경지에 이르러서 익어 터질 때, 이를테면 타락의 징조라는 게 나타나는데요. 전체적으로 포착하면 피상적으로 명료하지만, 그것만 고집하는 건 무리지요. 그런 방법은 유형을 가르기만 하는 데는 필요해도, 어떤 경우의 섬세한 진실은 포착 못 해요. 감은 더운 물에 넣어야 떫은 맛이 없어지지 않아요? 너무 오래 데우면 껍질이 벗겨지고 물큰물큰해지지요. 요컨대 타락의 징조라는 것도 당사자의 경우에선 적당히 감미롭고 졸음이 오듯이 고소하고 팔다리를 주욱 펴고 있는 것같이 그래요."

"그건 비겁한 짓이야요. 그런 썩은 개인의 경우를 문제삼을 수는 없어요. 감은 익어서 먹으면 될 뿐이야요. 익는 과정을 운운하는 건 쓸데없는 사변이지요. 어떤 큰 가능성에 대한 큰 지향이 있어야 해요. 모름지기 자신이 살고 있는 사회를

완숙(完熟) 열매 등이 완전히 무르익음.
피상적(皮相的) 본질적인 현상은 추구하지 아니하고 겉으로 드러나 보이는 현상에만 관계하는.
감미롭다(甘味--) 달콤한 느낌이 있다.
사변(思辨) 경험에 의하지 않고 순수한 논리적 사고만으로 현실 또는 사물을 인식하려는 일.

총체적˙으로 포착해야 해요. 그렇지 않으면 그 찌뿌드드하게 졸음이 오는 감미에서 헤어나지 못해요. 사변에 매달리고 섬세한 경우에 매달리고 그러면 아무것도 못 해요. 큰 결론만이 필요하지요. 이것이 바로 우리 현실의 정곡˙이야요. 어떻게 생각하세요? 그렇게 생각 않으세요? 참, 저 서울은 어때요?"

진수는 그녀의 현실 운운하는 말을 받으려다가 불쑥 튀어나오는 딴소리에 멈칫했다. 그러자 그녀는 웃으면서 말했다.

"그 문젠 알았어요. 그 문제에 대한 결론은 제가끔˙ 얻으면 되잖아요? 제가 옳아요. 얘기도 효율적으로 속도 있게 합시다. 서울은 어때요?"

"……"

"네? 어때요?"

"평양은 어때요?"

"근사해요. 아주 굉장해요."

"서울두 근사하죠. 아주 굉장하구."

그녀가 피 하고 웃자, 진수도 피 하고 웃었다. 다음 순간 둘이 다 키들키들거렸다.

"가족이 전부 서울에 계시겠군요?"

그녀가 물었다.

총체적(總體的) 있는 것들을 모두 하나로 합치거나 묶은. 또는 그런 것.
정곡(正鵠) 가장 중요한 요점 또는 핵심.
제가끔 제각기. 저마다 따로따로.

"네."

진수가 대답했다.

"결혼은 하셨어요? 실례지만."

그녀가 얼굴을 약간 붉히면서 또 이렇게 물었다.

"아뇨."

진수는 문득 엊저녁 형님 방으로 들어섰을 때, 웃저고리를 갈아입던 형수에게서 이상한 냄새가 나던 일이 떠올랐다. 그는 조금 씁쓸한 표정이 되었다.

"참, 저 남북 교류를 어떻게 생각하세요?"

그녀가 또 이렇게 물었다.

"네? 교류요? 글쎄……. 결국 이렇죠. 지금 당신하구 나하구 교류가 가능해지지 않았습니까? 참 간단하게……. 그러나 이런 걸 빗대서 모든 것이 다 이런 투로 될 수 있다고 생각하는 건 지금 우리가 처해 있는 처지로서는 너무 소박하구 낙천적인 생각 같군요. 우리 남북 관계는 원체 착잡해요. 6·25 이전부터의 그 끔찍끔찍한……. 이 리얼리티를 리얼리티대로 포착하는 것이, 참 리얼리티라는 말은 모르겠군."

진수는 얘기가 신명이 나지 않아, 뜨적뜨적 이렇게 말하고는

착잡하다(錯雜--) 갈피를 잡을 수 없이 뒤섞여 어수선하다.
리얼리티(reality) 현실성. 현재 실제로 존재하거나 실현될 수 있는 성질.
신명 흥겨운 신이나 멋.
뜨적뜨적 말이나 행동이 매우 느린 모양.

씽긋 웃었다.

"사실주의의 그, 그것 말이지요?"

"네, 네, 그런 거요. 그런 것과 관련이 있는 문제거든요. 민족의 양식이라는 것도 현실적인 조건 앞에서는 당장 먹혀들•여지가 없어요. 현실은 어떻게 해 볼 도리가 없게 되어 있지 않아요?"

그녀가 달래듯이 말했다.

"그렇지가 않아요. 조금도 복잡하지도 착잡하지도 않아요. 지극히 간단하지요. 당신도 자기 운명을 자기가 쥐고 있다고 생각하시지요? 그렇지 않으세요? 그렇지요? 그러니까 간단하지요. 패배 의식과 우유부단•은 못써요. 문제는 간단한 걸 괜히 복잡하게 생각하려고 해요. 교류를 하면 교류가 되는 거야요."

"그러나 피차 타산•이 있지요. 그런 본질론이 통하지 않아요. 그렇게 간단히 생각하는 건 당신들의 상투적인 경우이고, 이편 경우는 또 이편 경우거든요. 이편 경우의 내력이 또 있어요. 철저한 현실주의가 작용하는 거지요. 사실상 막 하는 말로 먹느냐 먹히느냐 하는 측면 말이지요. 우리 조금 더 얘기

먹혀들다 이해되거나 받아들여지다.
우유부단(優柔不斷) 어물어물 망설이기만 하고 결단성이 없음.
타산(打算) 자신에게 도움이 되는지를 따져 헤아림.
상투적(常套的) 늘 써서 버릇이 되다시피 한. 또는 그런 것.
현실주의(現實主義) 현실의 조건이나 상태를 그대로 인정하며 그에 입각하여 사고하고 행동하는 태도.

가 솔직해져야 하겠군요."

그러나 그녀는 두 눈을 깜짝깜짝했다.

"누가 먹고 누가 먹히나요? 그 발상법부터가 비뚤어진 생각이야요. 요컨대 피할 까닭은 없어요. 어떻게 생각하세요. 정치의 표준이라는 걸 어디다가 두고 계시나요? 어느 특정된 개인의, 혹은 집단의, 감정적인 장애라든가 타성에서 오는 고집이라든가, 우선 그런 건 제거되어야 하지 않아요? 선택할 권리는 묻혀서 사는 일반에게 있어요. 그 사람들에게 선택할 기회와 자유를 주어야 해요."

그녀는 얼굴이 붉어지면서 좀 강렬한 어조로 이렇게 말했다. 진수가 응했다.

"그렇지요. 선택할 자유를 주어야지요. 아무렴요. 당신들은 줍니까? 당신들 세계에서 자유라는 건 어떤 모습을 지니는가요? 자유조차 혹시 강제당하는 건 아닌지요? 설령 그것이 당신들이 말하는 진보적 민주주의가 표방하는 선택된 몇 사람의 미래에 대한 일정한 역사적 전망에 안받침된 옳은 강제라고 가정하더라도 말이지요. 어때요, 거기서 견딜 만해요? 솔

발상(發想) 어떤 생각을 해냄. 또는 그 생각.
타성(惰性) 오래되어 굳어진 좋지 않은 버릇. 또는 오랫동안 변화나 새로움을 꾀하지 않아 나태하게 굳어진 습성.
강제(强制) 권력이나 위력(威力)으로 남의 자유의사를 억눌러 원하지 않는 일을 억지로 시킴.
진보적(進步的) 사회의 변화와 발전을 추구하는 또는 그런 것.
표방하다(標榜--) 어떤 명목을 붙여 주의나 주장 또는 처지를 앞에 내세우다.
안받침 안에서 지지하고 도와줌.

직히 말하세요."

진수는 조금 신랄한 데를 찌른 듯하여 비죽이 웃었다.

순간 그녀는 발끈했다.

"신념이 문제지요. 자유는 허풍선과 같은 허황한 것일 수가 없어요. 자유의 진가는 그 사회 나름의 일정한 도덕적 규범과 인간적 품위와 결부가 되어서 비로소 제대로 설 수 있는 거지요. 자유 이전에 정의가 있어요. 그렇지 않으면 자유는 이용만 당해요. 빛 좋은 개살구지요. 우리 모랄의 기본이 뭣인지 아세요? 우리 민족의 나갈 바 큰 방향이야요. 개인은 거기 제대로 째어들어(한데 엉켜) 있어야만 해요. 그 속에서 자유야요. 결국 이념이 문제겠군요. 당신의 생각은 나태 그것이야요. 타락되고 싶다는 말밖에, 놀고 싶다는 말밖에 아니야요. 자유에 대한 옳은 인식도 없고, 일정한 이념도 없고, 있는 것은 그날그날의 동물적인 희뿌연 자기밖에 없어요. 비트적거리고 주저앉고 싶은 자기……."

"그럼 자기를 팽개치고 무엇이 남아요. 놀고 싶고 적당히 나쁜 짓하고 싶은 자유란 최고급이지요. 사람은 원래 그렇게 생

허풍선(虛風扇) 허풍. 실제보다 지나치게 과장하여 믿음성이 없는 말이나 행동.
✤ 빛 좋은 개살구 겉만 그럴듯하고 실속이 없는 경우를 비유적으로 이르는 말.
모랄 모럴(moral). 인생이나 사회에 대한 정신적 태도. 또는 어떤 행위의 옳고 그름의 구분에 관한 태도.
이념(理念) 이상적인 것으로 여겨지는 생각이나 견해.
나태(懶怠) 행동, 성격 등이 느리고 게으름.
비트적거리다 몸을 제대로 가누지 못하고 약간 비틀거리며 걷다.

겨 먹었어요. 그것을 크낙한 관용으로써 받아들일 수 있는 사회가 있어요. 부피와 융통이 있는 그런 것이 적당히 용서가 되면서도 전체로 균형이 잡혀 있는 참, 어느 것이 허풍선이냐 따질까요? 자기조차 팽개쳐 버린 이념 덩이가 허풍선이냐, 그렇지 않으면 적당히 자기를……."

"천만에, 자기가 없이 어떻게 이념이 있을 수 있어요. 자기를 왜 팽개쳐요. 완벽하고 명료한 자기는 이념에 밑받침되어 있어야 해요. 그렇지 않고는 흐늘흐늘하고 비트적거리는 자기의 검불만 남아요. 당신의 자유에 대한 견해는 썩어 빠진 거야요. 한마디로 썩어 빠진 거야요. 쉰 냄새가 나요. 곰팡이 냄새가……. 어마아, 그런 논리가 어디 있어요?"

"있지요, 있구말구. 사람이 지니고 있는 내면의 부피와 깊이는 한이 없어요. 당신들은 사람도 어떤 효율의 데이터로만 간주하고 있어요. 당신들 사회에서 옳다 그르다 하는 그 기준이 대개 짐작이 되는데, 일면적인 거지요."

"아니야요, 다만 지금 우리들의 현실이 다급해 있다 뿐이지요. 원인은 그것이야요."

크낙하다 크나크다. 사물이나 사건의 크기나 규모가 보통 정도를 훨씬 넘다.
관용(寬容) 남의 잘못을 너그럽게 받아들이거나 용서함. 또는 그런 용서.
검불 가느다란 마른 나뭇가지, 마른 풀, 낙엽 등을 통틀어 이르는 말.
효율(效率) 들인 노력과 얻은 결과의 비율.
간주하다(看做--) 상태, 모양, 성질 등이 그와 같다고 보거나 그렇다고 여기다.
일면적(一面的) 한 방면으로 치우치는. 또는 그런 것.

"참 도스토예프스키나 셰익스피어를 아시오? 어떻게 생각하시오?"

"알아요. 도스토예프스키는 약간 자신을 희화화하여 놓고 필요 이상으로 비장한 몸짓을 하는 도시 소시민의 사변 철학이고, 셰익스피어는…… 시민 사회가 싹트기 시작하는 사회의 여러 모를 부피 있게 부각시켰어요."

"무서운 추상이로군."

"아니야요, 본질이 그래요. 세부에 구애되지 말고 큰 윤곽으로 포착해야 해요."

마침 좀 전의 외국인 여기자가 옆으로 지나가고 있었다.

'오우, 원더풀.' 히죽 웃으면서 이런 표정을 했다.

그리하여 잠시 얘기가 끊겼다. 조금 뜸하다 했더니, 좀 전에 요란스럽게 지껄이던 안경잡이와 그 '누님'께서는 같이 사진을 찍고 있었고 둘 다 키들키들 웃고 있었다. 회담 장소 건너편 쪽 처마 밑에서는 양쪽 사람들 대여섯 명이 우르르 붙어서 실랑이질

도스토예프스키 러시아 소설가(Fyodor Mikhailovich Dostoevskii, 1821~1881). 톨스토이와 함께 19세기 러시아 문학을 대표하는 세계적인 문호.
셰익스피어 영국의 극작가·시인(William shakespeare, 1564~1616). 희극, 비극 등 많은 명작을 남김.
희화화하다(戱畵化--) 어떤 인물의 외모나 성격, 또는 사건을 의도적으로 우스꽝스럽게 묘사하거나 풍자하여.
소시민(小市民) 노동자와 자본가의 중간 계급에 속하는 소상인, 수공업자, 하급 봉급생활자, 하급 공무원 등을 통틀어 이르는 말.
세부(細部) 자세한 부분.
구애되다(拘礙--) 거리끼거나 얽매이게 되다.
실랑이질 승강이질. 서로 자기주장을 고집하며 옥신각신하는 짓.

을 하고 있었다.

 들여다보이는 회담장은 바야흐로 서릿바람의 도가니였다. 납치한 어부들을 당장 송환하라는 것이었다. 기본 내용을 알아서 그런지 말소리는 들리지 않고 그저 스피커 소리가 귀에 윙윙하기만 했다. 저편은 울부짖고 이편은 전혀 무관심의 표정이고, 이편이 울부짖으면 저편 얼굴에 하나같이 야유조가 어리고, 드디어 저편에서 책상을 두드리고, 순간 맞은편에 앉은 이편 사람은 시끄럽구먼 왜 이리 야단이여, 이쯤 조금 어리둥절한 낯색을 하고, 비로소 스프링 달린 쇠붙이 의자를 한 번 들썩이고 헛기침을 하고, 똑똑히 들으란 말이여, 별로 쓸모는 없는 소리지만, 이렇게 미리 다지기라도 하듯이 상대편을 일순간 맞바로 쏘아보고, 내리읽고……. 이번엔 스피커에서 영어가 울리고 서릿바람이 일고……. 이런 연속이다.

 "인도적인 원칙으로서도 돌려보내 줘야지."

 잠시 말없이 안을 들여다보던 그녀가 진수 들으라는 듯이 혼자소리처럼 말했다.

 "아가씨, 몇 살이오?"

서릿바람 서리가 내린 아침에 부는 쌀쌀한 바람. 여기에서는 '회담장의 분위기가 싸늘하고 좋지 않음'을 뜻함.
도가니 흥분이나 감격 등으로 들끓는 상태를 비유적으로 이르는 말.
송환하다(送還--) 포로나 불법으로 입국한 사람 등을 본국으로 도로 돌려보내다.
야유조(揶揄調) 빈정거리며 놀리는 말투.
인도적(人道的) 사람으로서 마땅히 지켜야 할 도리에 관계되는. 또는 그런 것.
혼자소리 '혼잣소리'의 사투리. 말을 하는 상대가 없이 혼자서 하는 말.

진수가 조금 전의 억양과는 달리 단호하게 물었다. 여자가 너무 까불면 못써, 제법 이런 눈짓으로 숙성한 남자의 그 위엄을 드러내면서.

"스물넷요."

그녀는 약간 놀라면서 진수를 쳐다보고는 조금 당황해하며 겁에 질린 듯이 대답했다.

'다섯 살 차이라······.' 진수는 익살을 부리듯 이렇게 생각하며,

"조금 수월해집시다. 피곤해질 소리만 하지 말구. 언어는 언어 이상을 뛰어넘을 수 없거든. 우리들의 현실이 바로 그거란 말요. 비겁한 도피 의식이라고 해도 할 수는 없지만. 어떻든 피차 타산이 앞선 거래가 아닙니까. 좋은 소리 해 보아야 믿을 사람도 없구. 이쯤 되지 않았소? 비극이랄밖에요."

하자, 그녀는 잠시 어리둥절한 낯색으로 다시 이 말을 받으려고 했다. 그러나 진수가 그녀를 막았다.

"이를테면 말요. 내가 남편이고 당신이 아내라고 칩시다. 그럴듯한 놀음이 제법 될 것 같지 않소? 이편에서 위엄을 부리는 것과 그편에서 아양을 떠는 것이 제법 썩 들어맞을 것도 같은데. 이편에서 눈을 부라리면 제법 수그러질 줄도 알긴 알 것 같고, 이편에서 술이나 마시고 조금 흐트러진 표정으로

숙성하다(夙成--) 나이에 비하여 지각이나 발육이 빠르다.

우자우자˚하면 그쪽에서는 제법 기승˚을 세울 줄도 알긴 알 것 같고, 이편에서 노래를 부르면 시늉으로라도 반주쯤도 하겠고, 양말짝이나 기저귀 빠는 것도 못 할 일 아니겠고, 애에게 젖 물리는 것도 제격이겠고, 어떻소? 헌데 스물넷이면 노처녀군."

대뜸 물 쏟아 버리듯이 진수가 말하자, 어머나아 하듯 그녀는 입을 조금 헤 벌린 채 멀거니 진수를 쳐다보았다. 다음 순간 손으로 입을 가리고 키들키들 웃었다.

"천만의 말씀이요. 스물넷이 뭣이 노처녀예요?"

하고 익살을 섞으며 그녀도 받았다. '어럽쇼' 하고 진수는,

"여자 스물넷이면 노처녀야. 알아 둬. 거기서는 버릇이 그런가. 버릇치고는 못됐군. 스물넷에 시집도 못 가면 쓰레기 취급을 당하는 거야. 알아 둬."

하자 그녀는 정신을 차리려는 듯이 조금 새침해졌다. 순간 주위를 휘딱 살폈다. 누가 들으면 이건 좀 창피하군, 약간 난처해하는 표정이 되었다. 그러나 다시 받았다.

"말솜씨가 역시 망종˚ 냄새가 나요. 거기선 남자 구실을 하려면 그래야 되나요?"

"망종이라니, 무슨 소리야? 못 알아들을 소린데."

"망할 종자, 이를테면 망나니, 어깨, 깡패……."

우자우자 '자꾸 구시렁구시렁하다'라는 뜻의 일본어.
기승(氣勝) 성미가 억척스럽고 굳세어 좀처럼 굽히지 않음. 또는 그 성미.
망종(亡種) 아주 몹쓸 종자란 뜻으로, 행실이 아주 못된 사람을 낮잡아 이르는 말.

판문점

"그럼 꽁생원만 사낸가, 거기선?"

"천만에."

"그럼 됐어."

'정말 그럼 됐어.' 진수는 속으로 뇌까리면서 되씹었다. '그럼 됐어. 힘들 것 없어.'

어느새 먹구름이 잔뜩 끼어 있었다. 어두워졌다. 내다보이는 좁은 들판으로 소나기가 몰려오고 있었다. 먼지 없는 바람이 일었다. 먹구름 틈 사이로 삐져서 내리붓는 흰 햇살이 빛기둥이 되어 동편 산 틈바구니로 곤두서 있었다. 그곳만 무지갯빛으로 환했다. 그 아롱아롱한 빛 무더기가 간접으로 엇비치어 판문점 둘레는 마치 새벽녘 같아졌다. 그것이 무척 신선하면서도 이역의 분위기를 돋우었다. 사람들은 어느 틈 사이로 빛줄이 새어 들어오는 어두운 움 속에라도 들어 있는 것 같은 무르익음에 잠겨 있었다. 제각기 무엇인가에 취해 있는 느낌이었다. 환한 날빛 밑에서는 웅성대는 소리가 밝은 기운을 띠었었으나 하늘이 꽉 막히자 그 소리들은 한데 엉겨 안으로만 덩어리가 되어 달려들었다. 드디어는 그것이 흥건하게 익어 독을 뿜었다.

"비가 오려나 보다, 비가."

꽁생원(-生員) 마음이 너그럽지 못하고 소견이 좁은 사람을 놀림조로 이르는 말.
빛기둥 좁은 틈 사이로 뻗치는 빛살.
엇비치다 빛이나 물체 등이 비스듬히 비치다.
움 땅을 파고 위에 거적 등을 얹어 비바람이나 추위를 막아 겨울에 화초나 채소를 넣어 두는 곳.
날빛 햇빛을 받아서 나는 온 세상의 빛.

누구인가 이렇게 혼자소리로 지껄였다. 북쪽 사람인지 남쪽 사람인지 알 수가 없었다. 그러나 사람들은 그런 소리쯤 그냥 흘려버리고 말았다.

"오우, 원더풀."

어느 구석에서 이런 소리가 또 들렸다.

동편 쪽에 세로˙ 섰던 빛기둥도 어느새 사라지고 더욱 어두워졌다. 비로소 사람들은 조용조용히 하늘을 올려다보고 혹은 들판을 내다보았다. 그러면서 갑자기 수선대었다˙.

드디어 빗방울이 듣더니 금방 연이어서 장대 같은 소나기가 쏟아지기 시작했다.

함석지붕이 와당와당˙ 와라랑 하자 울부짖던 스피커 소리가 멀어졌다. 대뜸 땅 위엔 보얀 빗물 안개가 서리고 하늘과 땅이 그대로 굵은 물줄기로 이어졌다. 순간 회담 장소 안에 앉은 사람들도 일제히 밖을 내다보며 눈이 휘둥그레졌다. 굉장한 소나기군, 모두 이렇게라도 생각하는가 보았다. 그 놀랍고도 일률적˙인 표정이 기묘한 역설˙을 느끼게 했다. 늘어선 경비병들이 처마 밑으로 피해 서고, 둘레에 서 있던 사람들도 하나 둘 이리저리

세로 위에서 아래의 방향으로. 또는 아래로 길게.
수선대다 수선거리다. 정신이 어지럽게 자꾸 떠들다.
와당와당 함석지붕이나 슬레이트 지붕 등에 굵은 빗방울이 자꾸 방울방울 떨어지는 소리.
일률적(一律的) 태도나 방식 등이 한결같은. 또는 그런 것.
역설(逆說) 패러독스(paradox). 일반적으로는 모순을 야기하지 아니하나 특정한 경우에 논리적 모순을 일으키는 논증. 모순을 일으키기는 하지만 그 속에 중요한 진리가 함축되어 있는 것으로 간주한다.

엇갈리며 괴이한 소리를 내지르면서 막사로 뛰기 시작하였다. 그 필사적인 분위기가 전염이 되어 모두가 와르르 헤쳐지는 속에 진수도 덥석 그녀의 손을 잡았다. 그녀는 화닥닥 놀라 손을 잡힌 채 같이 뛰었다. 앞에 지프차가 가로 서 있었다. 진수는 그 문을 열고 먼저 그녀를 올려 앉혔다. 그녀도 같이 뛰는 사람이 누구인지도 딱히 모르고 덮어놓고 올라탔다. 진수는 지프차에 올라타자 문을 닫고 문고리를 채웠다. 순간 그녀는 문을 열고 와락 나가려고 하였으나, 진수가 그녀의 손을 다시 잡았다. 그녀는 얼굴이 무섭게 일그러지며 사무친 애걸조로 진수를 바라보았다.

"안심해, 그편 차니까."

진수가 말했다.

그녀는 무슨 암시나 받은 것처럼 일순 활짝 피어나듯이 웃었다. 그러나 사실은 진수도 아직 어느 쪽 차인지 알지 못했다.

"이봐."

진수가 불렀다.

"……."

그녀는 조마조마해하였고, 쌔근쌔근 숨을 몰아쉬며 말했다.

"이북 가시죠? 네? 이북 가시죠?"

막사(幕舍) 군인들이 주둔할 수 있도록 만든 건물 또는 가건물.
헤치다 모인 것을 제각기 흩어지게 하다.
지프차(jeep車) 지프. 미국에서 군용으로 개발한 사륜구동의 소형 자동차.

"이봐, 금니 어디서 했어?"

"네……?"

그녀는 한 손으로 입을 가렸다.

"금니 어디서 했어?"

눈을 부릅뜨며 진수가 다시 물었다.

"평양에서요."

"입 벌려 봐."

"싫어요."

"가족이 몇이야?"

"일곱요."

"누가 벌어 먹여?"

그녀는 비로소 키들거리듯이 웃었다.

"그렇게 물으문 곤란해요. 우리게선 벌어먹구 자시구가 없어요."

"참 그렇겠군."

그녀가 비에 젖은 머리를 쥐어짰다. 신 살구알 냄새가 났다.

"살구알 냄새가 난다."

"네?"

그녀가 짜던 손을 잠시 멈추었다.

"살구알 냄새가 나, 네 머리에서."

"이북 가시죠? 네?"

거친 숨소리로 또 물었다.

"데리구 가 봐."

그녀는 조바심스럽게 바깥을 살폈다.

그러나 여전히 줄기차게 퍼붓는 빗속에 밖은 칠흑의 어둠 같은 무색의 공간으로 차 있을 뿐이었다.

"데리고 가 봐."

진수가 또 말했다.

"답답하군요, 답답해요. 어떡해야 좋을지 모르겠군요. 이런 경우엔 순서가……. 아이, 빈 왜 이리 쏟아질까. 보세요, 용기를 내세요, 네? 용기를 내요."

"이봐."

"……."

"이봐."

"아이, 이러지 말아요. 이러문 못써요."

"남자 여자가 이렇게 아무도 없이 단둘이 마주 앉아 있으면 어떤지 알지? 그런 그리움을 그리워해 보았나?"

"아이, 이러문 못써요."

그녀는 와들와들 떨며, 떨리는 두 손을 들어 얼굴을 가렸다. 손가락 사이로 겁에 질린 두 눈이 뚫려 있었다.

"이것 보세요."

그녀가 마지막 안간힘을 쓰듯이 불렀다.

"왜?"

"전 지금 할 일이 있어요. 해야 할 일이 있어요. 도와주세요,

네? 이건 분명히 우리 차지요. 그렇죠? 작정하세요. 어떻게 하실래요? 난 설득을 해야 해요. 어떻게 하실래요?"

"그래, 설득시켜 봐라. 어서 설득시켜 봐."

"우선 본인이 결정하세요. 그게 선차예요."

"지금 넌 놓여난 기분을 느끼지 않나? 너나 나나 마찬가지야. 놓여난 기분을 느껴야 돼."

"그런 얘기를 할 때가 아니야요, 지금은."

"이런 것이 우리 경우에서의 자유라는 거다, 겨우 이런 것이. 무엇인가, 고삐를 풀어 팽개친 연후에 겨우 남는 것이 이런 거야. 그렇게 느끼지 않나? 이런 말은 여전히 썩은 소리라고만 생각하나?"

"이건 썩은 냄새야요. 분명히 썩은 냄새야요. 이런 건 끝까지 경계해야 해요. 전 그래야 해요."

그녀는 뭍에 나온 물고기처럼 발작이나 하듯이 울기 시작했다.※

형님 방으로 들어섰다. 형님은 더블베드에 벌렁 누웠다가 천천히 일어났다. 불빛이 환하다.

선차(先次) 차례에서의 먼저.
※ 이건 썩은 냄새야요 ~ 발작이나 하듯이 울기 시작했다 진수가 말하는 '놓여난 기분'이나 '자유'를 남한의 '썩은 냄새'라고 비판하면서도 진수에게 끌리고 있는 북한 여기자가 혼란스러움에서 벗어나기 위해 안간힘을 쓰는 모습을 표현한 구절이다.

형수는 잠든 조카를 안은 채 필요 이상으로 표정을 과장하면서 웃었는데, 어디가 어떻다고 쏘옥 집어낼 수는 없이 또 불결한 냄새가 났다.

"어때? 재미있었니?"

하고 형님이 물었다.

"끔찍스럽지 않았어요? 하긴 마찬가지 조선 사람이긴 했겠지만."

형수도 이렇게 곁다리 끼듯이* 말했다. 진수는 멋쩍게 조금 웃었다.

"괜찮더군요. 구경할 만하더군요."

"사람들은 어떻든?"

형님이 또 물었다.

"뭐 그저……."

대답하기가 힘들어 우물쭈물 넘겼다.

형님은 조금 비양거리는® 듯한 웃음을 입가에 흘리었다. 하긴 아랫사람 앞에서 저런 종류의 조금 얕보는 듯한 웃음을 웃는 것은 권위의 담을 쌓는 데 도움이 되기는 할 거라 하고 진수는 생각하는데, 어느새 형님은 딴청을 부리며 형수에게 물었다.

"와이셔츠 대려® 왔나?"

❖ 곁다리 끼듯이 당사자가 아닌 사람이 곁에서 참견하여 말하듯이.
비양거리다 '비아냥거리다'의 사투리. 얄밉게 빈정거리며 자꾸 놀리다.
대리다 다리다. 옷이나 천 등의 주름이나 구김을 펴고 줄을 세우기 위하여 다리미로 문지르다.

"네, 10분이나 기다렸대나 봐요. 세탁소가 어찌나 붐비는지. 기집애(식모아이를 가리키는 말이었다), 안 됐으면 왔다가 좀 있다가 갈 것이지 잔뜩 늘어붙어 앉아서. 덕분에 찾아오긴 했지만."
하고 형수는 진수를 건너다보면서 약간 이죽대었다.
"낼 전무가 미국 가. 비행장까지 나가 봐 줘야지. 당신은 어떡할라우? 나가 보는 것이 좋겠는데."
형님이 또 말하였다. 형수는 얼굴빛이 대뜸 상기되면서 치맛바람을 일으키는 표정이 되었다.
"얼마 동안이나 가 있을라는지, 그 언니 또 속깨나 타겠군. 혼자선 못 견뎌 하는걸. 그 언니 참 요새 다이아 반지를 쓰리 맞았답디다. 원, 반지두 쓰리를 당하나. 그 언닌 원체 정신이 산만해서. 헌데 참 몇 시에 떠나우? 언니두 며칠 못 만났는데 마침 잘됐수."
그러나 형님은 다시 딴청을 피우며 가볍게 하품을 하고는,
"종혁이는 자나?"
뻔히 눈앞에 자고 있는 것을 보면서도 이렇게 물었다. 형수는 무엇이 그다지도 즐겁고 흐뭇한지 싱글벙글했다.
"네, 벌써 두어 시간 잤는데, 그냥 자는군요. 아까 낮에 기집

이죽대다 이기죽거리다. 자꾸 밉살스럽게 지껄이며 짓궂게 빈정거리다.
치맛바람 여자의 극성스러운 활동을 비유적으로 이르는 말.
쓰리(淘摸) '소매치기'를 뜻하는 일본어. 남의 품이나 가방을 슬쩍 뒤져 금품을 훔치는 짓. 또는 그런 사람.

애가 업구 나가더니 서너 시간 밖에서 잘 놀았어요. 노곤해졌나 부지."

"날씨가 이젠 차지는데 조심해요. 감기나 들지 않게."

"네."

형수는 공손하게 받았다.

다시 형님은 진수 쪽으로 돌아앉으며 은근하게 물었다.

"그래, 그 판문점이라나 하는 덴 어떻든?"

'굉장히 두텁군, 낯가죽이.'

진수는 이렇게 생각하며,

"네, 그저 뭐."

하고 또 우물쭈물하였다.

일순 형수도 비로소 이 집 맏며느리답게 여유 있는 웃음을 띠며 진수를 쳐다보았다.

"무섭지 않습디까? 우린, 생각만 해두 을씨년스럽기만 허지, 원."

"……."

진수는 할 말이 없어 대꾸를 않는데, 형수가 갑자기 문을 열며,

"얘얘, 순아."

노곤하다(勞困--) 나른하고 피로하다.
낯가죽 염치없는 사람을 욕할 때 그런 사람의 얼굴을 이르는 말.

하고 은근자중한˙ 목소리로 부엌 쪽을 향해 불렀다. 대답하는 기척이 없었으나 형수는 그냥 은근하게 말했다.

"상 채려 들여라아. 찌개 냄비는 대강 끓으면 내놓구, 할머니 상부터 어서 채려라."

부엌에서 여전히 대답이 없자, 형수는 발끈했다.

"애애, 순아, 기집애가 귀가 처먹었나."

비로소 부엌에서 가느다란 목소리로 대답이 새어 나왔다.

"어서, 상 채려. 할머님 상부터 채리구, 동태 냄빈 내놓구."

시원시원히 소리를 지르고는 형님을 다시 흘끗 쳐다보며 사뭇 상냥스러운 낯색이 되었다.

"저 동태찌갤 끓였어요. 어머님이 어찌나 좋아하시는지……."

그러나 형님은 가타부타˙ 대답이 없이 다시 진수를 향해 딴소리를 꺼냈다.

"진국이가 돈을 좀 부쳐 달란다지?"

"네에."

"얼마나 부치면 좋을까?"

또 이렇게 혼자소리 반, 진수에게 반, 뜨악하게˙ 물었다.

"글쎄요."

은근자중하다(慇懃自重--) 말이나 행동, 몸가짐 등을 야단스럽지 않고 신중하게 하다.
가타부타(可-否-) 어떤 일에 대하여 옳다느니 그르다느니 함.
뜨악하다 마음이 선뜻 내키지 않아 꺼림칙하고 싫다.

마침 어머님이 들어오셨다. 그러자 형님은 덮어놓고 둔중하게 골치가 아픈 낯색부터 하였다.

형수는 자는 애의 머리를 조심스럽게 쓰다듬으며 앉음새를 바로 하는 시늉을 했다.

"앤 자니?"

하고 어머니가 물었다.

"네에."

형수가 금세 꺼져 들어가는 목소리로 대답했다. 어머니는 흘낏흘낏 형님을 건너다보며 잠시 방 안의 분위기를 살피다가, 한참 만에야 진수 쪽으로 머리를 돌렸다.

"어딘가 갔다 온다더니 무사했니?"

"네."

"그럼 무사하지, 무슨 일이 있겠어요. 어머닌 괜히 걱정이시어."

하고 형님이 괜스레 퉁명스럽게 말했다.

어머니는 조금 무안˙을 당하는 낯색으로 잠시 말이 없다가 진수에게 조심조심 또 물었다.

"또 쌈이나 안 나겠더냐? 난리˙ 말이다, 난리."

"네."

무안(無顏) 수줍거나 창피하여 볼 낯이 없음.
난리(亂離) 전쟁이나 병란.

형님이 오만상을 찡그리며,

"에이 참, 쓸데없는 챙견을 하셔, 어머님은."

신경질적으로 말하고는 홱 밖으로 나갔다. 어머니의 눈이 쓸쓸하게 형님의 그 뒷모습을 치어다보았다.

"괜히들 그러는구나. 무슨 말을 원, 얼씬 못 하겠구나, 쯔쯔쯔."

형수는 얼굴이 홍당무가 되어 난감하고도 미안한 표정을 하며 더욱 머리를 수그리고 자는 애 머리를 쓰다듬었다.

열한 시가 지나서야 진수는 자리에 누웠다. 종일 버스 속에서 시달린데다가 바싹 긴장을 했던 탓인가, 온몸이 노곤하였으나 정작 쉬이 잠은 오지 않았다.

……폭이 넓은 푸른 강물이 급하게 흘러가고 푸른 옷을 입은 그녀가 노래를 부르면서 그 물에 떠내려가고 있었다. 강둑에 선 그를 올려다보자 안타까운 표정으로 물속에서 손을 빼내어 흔들었다. 소곤대는 목소리로 급하게 조잘대었다.

들키지는 않았어요. 당신은 오른편으로 나가고 난 왼편으로 나가기를 잘했어요. 나는 정말 와들와들 떨었지요. 그러나 그것이 바로 우리 현실이야요. 너무 통달한 체하지 마세요. 비가 지나가자 눈부시게 활짝 개었잖아요. 가을 햇빛이 정말 눈부시더

챙견 '참견(參見)'의 사투리. 자기와 별로 관계없는 일이나 말 등에 끼어들어 쓸데없이 아는 체하거나 이래라저래라 함.
통달하다(通達--) 사물의 이치나 지식, 기술 등을 훤히 알거나 아주 능란하게 하다.

군요. 빗물이 수증기가 되어 소리를 지르면서 올라가고, 그러나 하늘은 흠뻑 그것을 빨아들여 구름 한 점 없이 맑았었잖아요. 언제쯤 우리에게도 그렇게 사악 구름이 가실 때가 오려는지요. 당신은 지프차에서 나와선 시큰둥하게 우울한 낯색이시더군요. 막사에선 동료들이 한참을 찾았대나 봐요. 그 소린 날 뭉클하게 했어요. 난 거짓말을 했죠. 그냥 서 있던 자리에 있었다구, 괜찮더라구. 그러자 그 땅딸막한 사람은 이렇게 말했어요. 김 동무는 역시 단단하거든 하고. 어쨌든 감사해요. 물큰물큰한 그 이역의 짙은 냄새에 잠시나마 흥건히 취할 수 있었어요. 난 원래 초행길이 아니야요. 단골이지요. 이를테면 당신 말대로 졸음이 오는 듯한 그 남쪽 분위기, 기지개를 켜는 듯한 감미한 맛, 적당하게만 퇴폐적인 것이 풍기는 그 완숙한 냄새, 조금쯤 무리를 해도 용서가 될 듯싶은 펑퍼짐한 언덕 같은 관용, 조금쯤 쓸쓸하고 괴괴한 분위기, 때에 따라서는 애교에 넘친 적당한 허풍, 당신들이 자유라고 일컫는 그 권태가 섞인 분위기는 확실히 짙은 냄새로 휩싸요. 반드시 악착같이 정연한 논리로 쓸모 있게 사느니보다 서서히 여유 있게 자기를 누리는 맛, 누리는 것은 거드럭거리는 거지요. 곧 진력이 나고 권태가 오고, 그렇지

권태(倦怠) 어떤 일이나 상태에 시들해져서 생기는 게으름이나 싫증.
악착같이(齷齪--) 매우 모질고 끈덕지게.
정연하다(井然--) 짜임새와 조리가 있다.
거드럭거리다 거만스럽게 잘난 체하며 자꾸 버릇없이 굴다.
진력(盡力) 있는 힘을 다함. 또는 낼 수 있는 모든 힘.

만 사는 맛치고는 최고급일 거야요. 하여튼 약간은 그렇게 살 만도 할 것 같긴 해요. 돋아 오르는 아침만 맛이 아니라 해가 기우는 저녁녘도 맛은 맛일 테지요. 야심에 찬 어린 치기(稚氣)도 치기지만, 늙수그레한 길가의 노인이 누리는 적당한 무위와 적당한 권태도 맛은 맛일 테지요. 그러나 그런 분위기도, 전 이미 익숙해 버리고 쉬이 졸업해 버리고 말았어요. 다만 판문점으로 오는 날은 기분이 좋아요. 무작정 냄새가 좋아요. 하지만 자기의 분수, 자기가 지녀야 할 태세를 추호도 잃지는 않아요. 남쪽에서 오신 풋나기 손님도 대뜸 알아볼 줄 알아요. 무척 순진하시네요, 제가 안내해 드릴게요, 이런 표정을 지을 줄도 알아요. 이러다가 혼살이 나게 걸렸었지요. 당신은 무서운 구석이 있어요. 물론 신사적이었고 피차 연민으로 헤어지긴 했지만, 날 혼들어 놓으려구 해요. 어느 깊숙한 독(毒)의 도가니로 떨어뜨리려고 해요. 그런 건 못써요. 밝고 긍정적인 색채만 중요해요. 비록 지나치게 상식적이고 조악하다고 하더라도 차츰 성숙되게 마련이야요. 지금 중요한 건 거칠게 터전을 닦는 일이야요. 안녕, 빠이빠이. 불쌍해요. 당신이 불쌍해요. 착잡한 혼탁 속에서

치기(稚氣) 어리고 유치한 기분이나 감정.
무위(無爲) 아무것도 하는 일이 없음.
태세(態勢) 어떤 일이나 상황을 앞둔 태도나 자세.
추호(秋毫) 매우 적거나 조금인 것을 비유적으로 이르는 말.
조악하다(粗惡--) 거칠고 나쁘다.
혼탁(混濁/渾濁/溷濁) 정치, 도덕 등 사회적 현상이 어지럽고 깨끗하지 못함.

주리를 틀고 계시지요. 그 범상한 속물적인 일상에 진력이 나셨지요? 지금 당신의 형님 방에선 바야흐로 사랑이 들끓고 있어요. 그런 것은 확실히 멋있을 거야요. 어디서나 멋있을 거야요. 이런 그리움을 그리워해 보았느냐고 물으셨죠. 우스워라. 사람들은 부끄러워서 그런 이야길 마음대로 못해요. 그런 점은 어느 세상에서나 마찬가지지요. 너무 솔직해지는 것도 병이야요. 당신은 분명 그런 병이 있어요. 와작와작 자신을 깨물어 먹고 싶어 하는 병이. 당신이 불쌍해요. 빠이빠이. 우리, 어디서나 만나질까요. 어느 언덕에서나 만나질까요. 당신이 선 언덕에 해가 지고 있어요. 산그늘이 내려와요. 어마나, 당신도 잠기시는군요. 안타까워라. 어둡기 전에 어서 돌아가세요. 문을 잠그고 그 쓸데없는 생각에 잠기세요. 기도를 드리세요. 유구한 생각에 잠기세요. 쓸모없는 당신의 그 사변에 마음껏 황홀하세요. 빠이빠이, 안녕. 내 이 혼자 감당해야 하는 비밀은 약간은 무게를 지녔어요. 이런 것 좋을까요? 그러나 안심하세요, 불원간 부숴 낼 거야. 안녕, 빠이빠이. 그녀는 쨍한 햇볕 밑을 급하게 흘러내려 갔다…….

이백 년쯤 뒤 판문점이란 고어로 '板門店'이 될 것이다(비몽

범상하다(凡常--) 중요하게 여길 만하지 아니하고 예사롭다.
속물적(俗物的) 교양이 없거나 식견이 좁고 세속적인 일에만 신경을 쓰는. 또는 그런 것.
유구하다(悠久--) 아득하게 오래다.
불원간(不遠間) 앞으로 오래지 아니한 동안.

사뭇간에 진수의 생각은 또 비약했다). 그때 백과사전에는 이렇게 쓰일 것이다. 1953년에 생겼다가 19××년에 없어졌다. 지금의 개성시의 남단 문화회관이 바로 그 자리다. 원래 점(店), 혹은 점포라는 말은 '상점'이라든가 '가게'라는 말과 동의어로 쓰였다. 이 어휘의 시초는 역사의 단계에 있어 초기 수공업 시대에까지 소급되어야 한다. 이미 고전 경제학에 속하는 문제지만 자유 기업이 성행하면서 이른바 소상인이 대두됨과 더불어 인류 역사의 각광을 받은 어휘이다. 그러나 이 판문점의 경우는 그런 전통적인 뜻의 점포가 아니라 희한한 점포였다. 이 점포의 특수한 성격을 밝히자면 당시의 세계 정세, 그 당시 세계의 하늘을 뒤덮었던 냉전 기류를 비롯하여 그 밖에도 6·25라는 동족상잔을 설명해야 하고, 그것은 적지 않게 거창하고도 구구한 일이기 때문에 여기서는 일단 생략하기로 한다. 일언이폐지하여, 회담 장소였다. 휴전 회담이라는 것을 비롯해서 군사 정전 회담이라는 것이 무려 5백여 회에 걸쳐 있었다. '휴전 회담'이라든가

비약하다(飛躍--) 논리나 사고방식 등이 그 차례나 단계를 따르지 아니하고 뛰어넘다.
소급(遡及) 과거에까지 거슬러 올라가서 미치게 함.
고전 경제학(古典經濟學) 스미스, 맬서스, 리카도, 밀 등으로 대표되는 경제학. 자유 경쟁을 전제로 노동 가치설을 택하며, 시장을 매개로 하는 생산과 분배의 입체적 분석을 추진함으로써 경제학을 하나의 과학으로 체계화하여 후대의 경제학에 큰 영향을 끼쳤다.
자유 기업(自由企業) 남의 간섭이나 통제를 받지 아니하고 개인의 자유 의사대로 경영하는 기업.
동족상잔(同族相殘) 같은 겨레끼리 서로 싸우고 죽임.
구구하다(區區--) 잘고 많아서 일일이 언급하기가 구차스럽다.
일언이폐지(一言以蔽之) 한 마디로 그 전체의 뜻을 다 말함.
정전(停戰) 교전 중에 있는 양방이 합의에 따라 일시적으로 전투를 중단하는 일.

'군사 정전 회담'이라는 말도 긴 설명이 필요한데, 여기서는 역시 생략하기로 한다. 그 회담 기록이 적힌 거창한 문건이 지금 인류 역사의 기념비적인 익살로서 개성 박물관에 안치되어 있는 것은 이미 다 아는 사실이다.

얼마 전, 아프리카공화국에서 온 한 역사학자가 이 문건들을 전부 통독해 낸 사실을 아는 사람은 알 것이다. 이것을 전부 통독해 낸 것도 처음 있는 일이라 그에게 문화공로훈장을 수여한 바 있지만, 그때에도 일부에서는 여론이 분분했다시피 약간 쓸개 빠진 짓이라는 느낌이었었다. 그러나 흑인종의 그 가상할 만한 끈질긴 정력과 참을성에는 누구나 감탄해 마지않았다. 이것을 통독해 낸 그 흑인 박사의 결론은 이렇다. "이것은 걸작이다! 두말할 것 없이 하여튼 걸작이다." 일부에서는 이 결론이 야유 겸 스스로의 도로에 그친 노고에 대한 자위였을 거라고도 하고 있지만, 인간의 성실성이라는 것이 이렇게도 어이없는 데 소요될 수도 있다는 데 대한 경탄일 것이라고, 긍정적으로 해석하는 사람도 있는 것 같았다. 단도직입적으로 얘기하자. 판문점은 분명 '板門店'이었고, 이 나라 북위 38도선상 근처에 있었던

통독하다(通讀--) 처음부터 끝까지 훑어 읽다.
도로(徒勞) 헛되이 수고함.
자위(自慰) 자기 마음을 스스로 위로함.
소요되다(所要--) 필요로 되거나 요구되다.
단도직입적(單刀直入的) 여러 말을 늘어놓지 아니하고 바로 요점이나 본문제에 들어가는. 또는 그런 것.

해괴망측한 잡물이었다. 일테면 사람으로 치면 가슴패기에 난 부스럼 같은 거였다. 부스럼은 부스럼인데 별로 아프지 않은 부스럼이다. 아프지 않은 원인은 부스럼을 지닌 사람이 좀 덜됐다, 불감증이다, 어수룩하다는 데에 있다. 한데 그 부스럼은 그 사람으로서도 딱하게 알기는 아는 모양인데 어쩐단 도리가 없다. 그 부스럼을 지닌 사람은 그 부스럼을 모든 사람과 더불어 공동 책임을 지고 싶어 하고, 그 당대를 살펴보면 사실 그럴 만한 객관적인 내력도 어느 정도 있긴 있었다. 그러나 그 공동 책임이 도시 불가능했다. 그리하여 그 당자는 덜됐다고 해도 할 수 없고, 불감증이라고 해도 할 수 없고, 어수룩하다고 들어도 할 수 없게 되었다. 그냥 내버려 두기로 했다. 이럭저럭 세월이 지나는 동안 정작 당사자도 부스럼 여부는 까마득히 잊어버리고 멀쩡한 정상인의 행세를 시작했다. 어떻소, 이 부스럼, 신기하죠, 이쯤 내휘두르기도 했다. 제법 좀 사려 있답신 사람들이 구경을 오고 손가락질을 하면서 딱하게 여기는 얼굴을 하기도 하고 진단을 내리고 처방전을 만들어 책임의 소재를 규명하기도 했으나, 당자는 그저 웃어넘기거나 전혀 아랑곳하지도 않았다. 결국 사려 있답신 사람들도 그 선의의 사려를 팽개치곤 하

잡물(雜物) 순수하지 않고 불필요하거나 해가 되는 물질이나 물체.
가슴패기 가슴팍.
불감증(不感症) 감각이 둔하거나 익숙해져서 별다른 느낌을 갖지 못하는 일.
도시(都是) 도무지.

였다. 왜냐하면 역시 자기 분수는 누구보다도 그 자신이 잘 알고 있다는 지극히 평범한 진실을 되씹게 마련이었다. 그리하여 그 부스럼은 날이 갈수록 더욱더 그 절대절명의 중량을 지니게 되어, 심지어 관광 유람지 구실까지 하였다. 판문점이란 이러한 세계 유일의 점포로서 문자 그대로 남북으로 난 두 개의 문이 판자문으로 되어 있어, 그 문을 열고 닫을 때마다 쾅 닫아도 한참을 흔들흔들했다. 천장이 낮은 길쭉한 단층집으로 휑하게 큼직한, 흡사 2세기 전 국민학교 교실 같은 마루방인데, 신을 신은 채 드나들어도 괜찮게 되어 있었다. 문은 북문하고 남문이 있었다. 이를테면 그 문이 판자문이라는 말이다. 그런데 그 문을 두고 제법 근엄한(적당히 우울한 표정쯤 하고 맺은) 묵계가 있었다. 남문 사용자는 남문만 사용할 것, 북문 사용자는 북문만 사용할 것. 그리고 그 방 한가운데엔 가로줄이 쳐 있었고 그 줄을 사이에 두고 마주 무쇠 테이블이 놓여 있다. 각각 세 개씩 여섯 개의 테이블이었다.

그 테이블 뒤로 무쇠로 만든 의자와 작은 테이블과 또 다른 의자들과 마이크와 스피커가 우글우글 놓여 있다. 한 달에 한두세 번 그 판자문이 사용된다. 10시 가까이 되면 남쪽과 북쪽에서 각각 자동차와 버스가 굴러 온다. 늠름하게 위엄을 부리며

절대절명(絶對絶命) 절체절명. 몸도 목숨도 다 되었다는 뜻으로, 어찌할 수 없는 궁박한 경우를 비유적으로 이르는 말.
국민학교(國民學校) '초등학교'의 전 용어.
묵계(默契) 말 없는 가운데 뜻이 서로 맞음. 또는 그렇게 하여 성립된 약속.

살기가 등등해서들 서성댄다. 북문과 남문이 쿵쾅쿵쾅 열리면서 남문 사용자들과 북문 사용자들이 용건을 떠메고 우르르 들어선다. 후덕후덕들 자리를 차지해서 앉는다. 연필과 백지를 꺼내고 더러 저희끼리 귓속말을 주고받는다. 드디어 남문 사용자들의 거두가 들어선다. 훤칠하게 키가 큰 미국 사람이다. 남문으로 들어선 사람들이 일제히 일어서서 예를 표한다. 쇠붙이 의자의 마루에 부딪는 소리가 시끄럽다. 이어 북문 사용자의 거두가 들어선다. 역시 북문으로 들어온 사람들이 일제히 일어서서 예를 표한다. 드디어 양편이 다 자리가 잡히고 잠시 그럴듯한 침묵이 흐른다. 이렇게 되면 그 테이블 한가운데로 가로지른 흰 줄이 제법 경계선다운 육중함을 지니고 부각된다. 객관적인 당위성이 느껴지는 것이다. 이렇게 하여 소위 회담이 시작된다. 한국말과 미국말과 중국말이 교차된다.

판문점이란 이러한 회담 장소로써 근처에 이렇다 할 집이라고는 없고, 부속 건물들만이 몇 채 띄엄띄엄 서 있었다. 판문점 앞은 들판이었고 뒤는 펑퍼짐한 언덕이었다. 지금의 개성시 통문로 거리가 앞에 해당되고, 문화회관 별관이 뒤편에 해당된다. 이 얼마나 어이없는 일이었고 민족의 에너지를 쓸데없이 좀먹는 일이었던가. 통탄, 통탄이다. 우리의 조상들이 그때 그 시절

거두(巨頭) 영향력이 크며 주요한 자리에 있는 사람.
당위성(當爲性) 마땅히 그렇게 하거나 되어야 할 성질.
통탄(痛歎/痛嘆) 몹시 탄식함. 또는 그런 탄식.

에 그 짓을 하고 있었다는 걸 상상해 보라. 더구나 외국 사람까지 주역으로 끌어들여서 말이다. 근엄하게 우울한 표정으로 그 문을 드나들었다는 것을 상상해 보라. 그것이 그때에는 상식으로 통했을는지 모르지만, 이런 놈의 상식이 어찌 통할 수가 있었더란 말인가. 바로 한가운데 가로지른 선이 지금 문화회관의 변소에 해당된다는 것이다. 고증학자˙ 설 교수의 설˙에 의하면 변소 속의 변기가 바로 경계였다니 더구나 익살이 아닐 수 없다. 앞으로 문화회관에서 일을 보시는 분들은 쭈그리고 앉아 심심하거든 이 점을 한번 음미해 보시도록. 최근 설 교수의 그 설을 둘러싸고 분분한 논쟁이 있었던 사실을 아는 사람은 알 것이다. 그 선은 변소의 변기가 아니라 지금의 변소 문에 해당된다는 이설˙이 있었던 것이다. 이것은 참 유쾌한 논전˙이어서 우리들의 관심을 집중시킨 바 있었는데, 이 논전에서 우리는 우리 시대의 가상˙할 만한 큰 특징을 발견할 수 있었던 것이다. 2세기 전에는 이러한 종류의 논쟁이란 쓸개 빠진 어처구니없는 회화에 속했을 것이라는 사실이다. 인간 생활의 기본적인 여건이 해결되지 않았

고증학자(考證學者) 고증학에 능통한 사람. 또는 고증학을 연구하는 사람.
  고증학(考證學) 예전에 있던 사물들의 시대, 가치, 내용 등을 일정한 증거를 세워 이론적으로 밝혀 나가는 학문.
설(說) 견해, 주의, 학설, 통설 등을 이르는 말.
이설(異說) 통용되는 것과는 다른 주장이나 의견.
논전(論戰) 논쟁(論爭). 서로 다른 의견을 가진 사람들이 각각 자기의 주장을 말이나 글로 논하여 다툼.
가상하다(假想--) 사실이 아니거나 사실 여부가 분명하지 않은 것을 사실이라고 가정하여 생각하다.

던 조건하에서의 정신 상태의 양상을 이해하는 데 이것은 퍽 많은 것을 시사해 준다. 최근에 와서 문제가 되는 것은 여가의 이용과 자극의 발견, 경이의 창안이다. 최근에 와서 우리들의 취미가 굉장히 미세해지고 세분화된 사실을 새삼 상기해야 할 것이다.

다시 해가 뜨고 지고, 뜨고 지고, 서울은 이리저리 뒤채면서 들끓었다. 바야흐로 장면(張勉) 정부는 안정의 사명을 짊어지고 가파른 언덕을 기어오르고 있었다. 신민당의 분열이 신문지상에 클로즈업되고, 개각을 둘러싼 여론이 분분했다. 정부는 온 신경을 국회의 의원 분포에 소모했다. 정치 자금의 염출로 민주당과 신민당의 실업계를 위요한 이면공작이 불을 뿜었다. 이 틈서리로 혁신계가 머리를 내밀었으나 그것도 벌써 이리저리 갈라졌다 붙었다 요동질을 할 뿐이었다.

시사하다(示唆--) 어떤 것을 미리 간접적으로 표현해 주다.
경이(驚異) 놀랍고 신기하게 여김. 또는 그럴 만한 일.
창안(創案) 어떤 방안, 물건 등을 처음으로 생각하여 냄. 또는 그런 생각이나 방안.
❉ 장면(張勉) 정부 1960년 6월 15일 개정헌법이 통과되고 6월 23일 새 선거법이 제정되어 8월 12일 민의원·참의원 합동회의에서 대통령에 윤보선(尹潽善), 국무총리에 장면(張勉)이 선출됨으로써 1차 내각이 이루어진 때로부터 1961년 5·16 군사 정변이 일어나기까지 존속된 한국의 두 번째 공화헌정체제(共和憲政體制)이다.
신민당(新民黨) 1967년의 제6대 대통령 선거와 제7대 국회의원 총선거를 앞두고, 분열된 보수 야당 세력을 통합하여 평화적 정권 교체를 이룩할 목표로 1967년 2월 7일에 창당된 정당.
개각(改閣) 내각을 개편함.
염출(捻出) 필요한 비용 등을 어렵게 걷거나 모음.
실업계(實業界) 상공업이나 금융업 등의 사업을 경영하는 사람들의 활동 분야.
위요하다(圍繞--) 어떤 지역이나 현상을 둘러싸다.
이면공작(裏面工作) 표면에 드러나지 아니하게 뒤에서 일을 꾸밈.
요동질(搖動-) 몹시 흔드는 짓.

진수는 취직 건 때문에 아침 일찍부터 돌아다녔다. 사흘쯤 희소식이다가도 닷새쯤 무소식이고, 이런 연속이었다. 이 다방 저 다방 들러 커피를 사고 혹은 얻어 마시고 매일 대여섯 잔씩이나 마셨다. 그 사이 어머니가 급하게 돌아가셔서 사나흘쯤 북새를 치렀다. 조카아이의 네 돌 생일날에는 집에서 조촐한 파티가 있었다. 짝짝끼리 춤을 추기 전에 마루에 밀가루를 뿌리고 전축을 틀었다. 형수는 그 조금 큰 체대에 펑퍼짐한 한복 차림으로 형님의 어깨를 잡고 돌아갔고, 형님도 형님대로 어깨가 꾸부정해서 두 사람 다 삐딱한 모습으로 스텝을 밟았다. 미국으로 갔던 전무와 형수의 그 에스 언니도 초대되었다. 그들도 둘이 얼싸안고 춤을 추었다. 진수는 한구석에서 웬일인지 부끄럽고 쑥스럽고 자꾸 두 볼이 근질근질했다. 한순간 문득 전등이 꺼졌다. 동시에 전축도 멎었다. 마루에 치마 끌리는 소리와 잠시 수런거리는 소리가 일더니 소파에들 앉았다. 식모아이가 급하게 초를 켜와 이 구석 저 구석에 세워 놓았다. 담소가 시작되었다.

"참 야단이야, 전기 사정이 이래 놓으니!"

누구인가가 이렇게 투덜거렸다. 형수는 주인으로서 제 책임

북새 많은 사람이 야단스럽게 부산을 떨며 법석이는 일.
전축(電蓄) 레코드판의 홈을 따라 바늘이 돌면서 받는 진동을 전류로 바꾸고, 이것을 증폭하여 확성기로 확대하여 소리를 재생하는 장치.
체대(體大) 몸의 크기.
❈ 에스 언니 특별히 친한 관계의 언니를 이르는 말. 에스는 스페셜(special)의 약자. 여기에서는 전무의 부인을 가리킨다.
담소(談笑) 웃고 즐기면서 이야기함. 또는 그런 이야기.

이기나 한 것처럼 미안해하였다. 부엌 쪽을 향해 한껏 우아한 목소리로,

"애야, 순아야, 초 몇 자루 더 켜오나아."

했다.

"하긴 전등불보다도 초를 켜는 것도 멋이야요. 분위기가 더 좋아요. 안온하구 쉬이 분위기가 익어요."

처녀인지 부인인지 분간이 안 가게 양장을 한 여인이 말했다.

"하긴 옛적 서양 귀족들은 초를 배치하는 것도 품위에 속했답디다. 그 집의 품위를 알려면 초의 배치 여하를 본다더군요. 사모님께서도 한번 솜씨를 보이시지."

하고 그 옆에 앉았던 혈색 좋은 사내가 말했다.

"제가 원체 품위가 있어야죠. 막 굴러먹었는걸."

형수가 이렇게 받고는 무엇이 우스운지 이상한 목소리를 내며 혼자 웃었다. 다른 사람이 전혀 받아 웃지 않는 것을 알자, 약간 무안해하며 필요 이상으로 침착한 표정이다가,

"참, 김 전무님, 미국 가셨던 얘기나 하시지요."

하고 조심조심 말했다.

"……."

그 전무께선 그 덩치에 어울리지 않게 수줍은 표정을 하였다.

양장(洋裝) 옷차림이나 머리 모양을 서양식으로 꾸밈. 또는 그런 옷이나 몸단장.
품위(品位) 사람이 갖추어야 할 위엄이나 기품.
여하(如何) 그 형편이나 정도가 어떠한가의 뜻을 나타내는 말.

순간 전무의 부인이 입을 실쭉하고는 이편을 얕잡아 보듯이 말했다.

"통 얘길 안 해요. 처음 갔을 때나 신기하지, 이젠 하도 가 봐서 그저 그런가 봅디다."

"그렇겠죠."

하고 형수가 받았다. 비로소 당사자인 그 전무가 말했다.

"더더구나 이번엔 일이 좀 바빴어요. 서구라파 쪽으로나 갔으면 억지로라도 틈을 내어 재미를 보았겠지만, 미국은 이젠 하도 다녀와서 뭐 그저 심드렁하더군요. 하와이에서 며칠 더 묵을까 했는데, 정작 이틀쯤 있으니까 또 조바심이 납디다. 역시 집이 제일 좋아요."

"언니를 너무 사랑하시니까 그렇죠."

좀 전의 양장한 여인이 받았다.

"아끼긴요, 기념품 하나두 안 사 왔습디다."

전무의 부인은 또 실쭉해지면서 받았다.

"그야 믿는 사이니까 그렇지."

전무가 말하자,

"믿는 나무에 곰팡이 핀답니다, 홍."

하고 대번에 부인이 코웃음을 쳤다.

서구라파(西歐羅巴) 서유럽. 유럽 서부에 있는 여러 나라. 일반적으로 영국, 프랑스, 네덜란드, 독일 등을 이름.

'저 작자 꿈쩍 못하는군. 영 형편없군.'

진수는 한구석에서 이렇게 생각했다.

사실 그 전무 부인의 어딘가 횡포에 가까운 신경질적인 몸짓과 말투는 자리의 분위기를 싸늘한 것으로, 힘든 것으로 만들고 있다. 그녀의 남편은 물론이려니와 모두가 그녀의 눈치를 조심스럽게 살피곤 했다. 10시가 넘어 전깃불이 들어오자, 촛불 밑에선 어지간히 익어 보이던 분위기였으나 다시 생소해졌다.

마침 전무 부인이 남편에게 짜증 섞어 말했다.

"여보, 이젠 갑시다."

"그래, 슬슬 돌아가 볼까."

전무라는 자가 이렇게 뭣인가 카무플라주하듯 어름어름 받았다.

모두 후덕후덕 일어나서 귀가 인사를 했다.

눈이 왔다.

눈에 묻힌 판문점은 장난감처럼 동그만하고 납작해 보였다. 휑한 언덕에 선명히 돋보였다.

진수는 그날도 광명통신 기자 이름을 빌려서 갔다.

그녀를 만나자 말했다.

"눈이 왔어요."

카무플라주하다 불리하거나 부끄러운 것을 드러나지 아니하도록 의도적으로 꾸미다.

"네."

그녀는 어느 구석 여운이 담긴 웃음을 웃으며 한순 얼굴을 붉혔다.

"처음 만난 거나 마찬가지군요. 다시 힘들어졌군요."

진수가 말했다.

"……"

그녀는 말없이 고개만 끄덕였다.

"그렇게 인정 같은 것에만 매달리지 마세요. 당신 주변에 있는 사람들이 헐벗고 있는 것을 생각하세요."

그녀는 또 그 투의 약간 준엄한 표정이 되며 말했다.

진수는 씽긋이 웃으며 말했다.

"천만에, 내 주변은 풍부해요. 도리어 너무 풍부하고 무거워서 탈이지요. 덕지덕지한 것이 참 많이 들끓고 있어요. 몇 겹으로 더께가 앉아 있지요. 도리어 헐벗은 것은 당신이지요. 당신은 새빨간 몸뚱이만 남았어요. 모두 털어 버리고 너무너무 알맹이 알몸뚱이만 남아 있어요."

그녀는 피이 하듯이 웃고 말했다.

"아주 벽창호군요."

저편엔 외국인 부부 기자가 여전히 가지런히 붙어 서 있었다.

여운(餘韻) 아직 가시지 않고 남아 있는 운치.
한순(-瞬) '한순간'의 사투리. 매우 짧은 동안.
벽창호(碧昌-) 고집이 세며 완고하고 우둔하여 말이 도무지 통하지 아니하는 무뚝뚝한 사람.

남편은 역시 고불통을 물었으나 들이빠는 기척이 없고, 아내는 그 남편을 따뜻하게 정이 담긴 눈길로 건너다보고 있었다. 어느 안방에 단둘이 마주 앉아 있기나 한 것처럼.

안경잡이와 그 '누님'께서는 오늘은 다소곳하게 머리를 맞대고 정말 오랜만에 만난 오랍˙누이이기나 한 것처럼 수군대고 있었다. 스피커 소리가 왕왕 울렸다. 그녀는 남쪽 사람과 북쪽 사람이 여기서 만날 때 으레 짓는 그 경계와 방어 태세가 껴묻은 표정으로 피해서 갔다. 그 뒷모습을 건너다보면서 진수는 생각했다.

'기집애, 조만하면 쓸 만한데, 쓸 만해.'

혼자 쓸쓸하게 웃었다.

■ 「사상계」(1961. 3) ; 『이호철 전집 1 - 판문점』(청계, 1988)

오랍 '오라비'의 준말. 여자의 남자 형제를 두루 이르는 말.

등장인물 들여다보기

진수
취직 자리를 알아보고 있는 실업자로, 어머니와 함께 형네 집에 얹혀 살고 있는 29세의 청년입니다. 무료한 나날을 보내던 그는 어느 날 광명통신 기자 이름을 빌려 판문점 시찰단에 동행합니다. 그는 냉소적이고 비판적인 성격으로 남한의 상황에 환멸을 느끼고 있습니다. 특히 형과 형수의 관계를 서술하는 부분에서 그의 냉소적인 모습이 잘 드러납니다. 진수는 형과 형수가 일상적이고 속물적인 삶을 살고 있다고 생각하며, 특히 가족 관계에서 진정성이 없는 모습을 보인다고 생각합니다. 또한 북한 여기자를 만나 북한에 대해서 날카로운 비판을 가하는 모습에서 비판적인 성격이 잘 드러납니다. 나아가 진수는 남한에 대해서도 비판적인 시각을 드러내면서 남북한에 대한 사유의 균형을 보여 주고 있습니다. 이 사유의 균형은 남한과 북한이라는 두 체제에 대한 의식적인 거리와 분단이라는 상황에 대한 냉철한 인식에 의해서 확보된 것이라고 할 수 있습니다. 한편 북한 여기자와의 만남에서는 남성적인 권위로 북한 여기자를 누르는 모습을 보이기도 합니다.

북한 여기자
북한에서 판문점을 취재하러 온 기자로, 24세의 여성입니다. 남한에서 온 기자와 남북한 체제에 대한 열띤 논쟁을 벌일 만큼 체제에 대한 확신이 뚜렷하고, 논리적으로 말하는 능력도 갖추고 있습니다. 그러나 소나기로 인해서 진수와 함께 지프에 올라탔을 때는 이와는 다른 모습이 나타납니다. 진수에게 북한으로 가자고 제안하면서도 남성적인 권위로 다가오는 진수의 모습에 부끄러움을 느끼는 여성의 모습을 보이는 것입니다. 진수와 함께 남북한 체제의 대립을 첨예하게 보여 주는 인물이자, 남북한의 화해를 향한 작은 실마리를 보여 주는 인물입니다.

형

진수의 형으로, 진수네 집의 가장입니다. 회사원으로 어머니, 진수, 아내, 그리고 아들 종혁과 함께 살고 있습니다. 형은 가장으로서의 위엄과 권위를 가지고 어머니와 진수, 그리고 또 다른 동생인 진국을 위하는 것처럼 보입니다. 그러나 진수의 시각으로 보자면 형의 그러한 모습은 가식이자 위선입니다. 아내와 아들 종혁은 끔찍이 사랑하지만 아내를 대하는 태도는 다분히 권위적이고, 어머니나 동생에 대해서는 마땅히 해야 할 도리만을 작위적으로 하기 때문입니다. 한편으로 동생 진국에게 보낼 돈 때문에 골치 아파하거나 아들의 생일날 사람들을 초대해 댄스를 추고 파티를 하는 모습에서 속물성이 드러나기도 합니다. 이렇듯 형은 남한 사회 중산층의 작위성과 속물성, 물질적 풍요와 허위성 등을 보여 주는 인물입니다.

● 작품 Q&A

"선생님, 궁금해요!"

Q 이 작품의 시간적, 공간적 배경을 설명해 주세요.

A 이 작품의 시간적 배경은 1960년대 초반입니다. 1960년대 초반은 4·19 혁명으로 제1공화국 이승만 정권 체제가 무너지고, 제2공화국 장면 정부가 집권하고 있었던 시기이지요. 특히 작품 속에서 장면 정부에 대한 이야기가 나오는 것을 보면 이 작품의 구체적인 시간은 1960년 4·19 혁명 직후이며 1961년 5·26 군사 정변 이전이라고 할 수 있습니다. 작품의 마지막 부분에서 나타나듯이 1960년대 초반은 정치적으로 매우 혼란스러운 시기였습니다. 4·19 혁명은 당시 이승만 자유당 정권의 부정부패, 그리고 부정 선거에 맞서 일어난 혁명으로 이승만 대통령의 하야(下野 : 관직이나 정계에서 물러남)로 종결되었지요. 그러나 장면 정부가 집권한 이후에도 혼란은 계속되었고, 새로운 시대를 열어 가야 할 정치권은 국민의 기대에 부응하지 못하고 있었습니다. 한편 이 시기는 남북 협상이 진행되고 통일 운동이 일어나기 시작하는 시기이기도 하였습니다. 판문점에 남북 및 외국인 기자단이 방문하는 작품 속 내용은 이러한 시대적 배경을 보여 주고 있습니다.

이 작품의 공간적 배경은 판문점입니다. 판문점은 6·25 전쟁 중이던 1951년 10월부터 1953년 7월까지 유엔군과 공산군(북한군·중국인민지원군) 간에 휴전 회담이 열렸던 곳이기도 합니다. 그리고 휴전 협정에 따라 판문점은 유엔군과 공산군에서 각기 5명씩의 장성급 장교를 파견하여 구성된 군사휴전위원회의 본부 구역으로 설정되어 세계 역사상 가장 긴 휴전을 관리하는 장소가 되고 있습니다. 이런 점에서 볼 때 판문점은 남북 분단이라는 상처를 상징적으로 보여 주는 공간이라고 할 수 있습니다. 또한 남북 기자단이 만나는 장면에서 보듯이, 판문점은 남북의 화해와 교류 협력을 위한 남북 대화가 이루어지는 공간이기도 합니다. 즉, 남북으로 갈라지는 공간인 동시에 남북이 만나는 공간이기도 한 것이지요. 이 작품은 판문점의 이러한 공간적 의미를 바탕으로 하고 있습니다.

이 작품에는 또 하나의 공간적 배경이 나타나 있습니다. 서울에서 진수가 살고 있는 집, 즉 진수 형의 집입니다. 그곳에서 진수 형 내외와 조카, 그리고 진수의 어머니와 진수가 함께 살아가고 있습니다. 진수 형의 집은 남한의 서울에 사는 중산층 가정의 풍요와 안락, 그리고 허위성과 속물성을 보여 주는 공간입니다.

Q 이 작품에서 진수는 처음 판문점을 방문하기 전날 밤 내내 판문점에 쫓겨 다니는 꿈을 꾸는데요, 그 꿈의 의미에 대해 설명해 주세요.

A 판문점에 가기 전날 밤 형님은 "가는 것도 좋지만 조심해라."라고 말하며 근친다운 우려의 눈길을 보냅니다. 사실 진수는 판문점행을 앞두고 두려움을 느끼고 있었는데, 이 말을 듣고 더욱 꺼림칙한 느낌을 갖게 되지요. 그날 밤의 꿈은 이 두려움과 꺼림칙함에

서 비롯되었다고 할 수 있습니다. 진수는 그 밤 내내 "이역감은 니 깃니깃한 기름기로서 소용돌이쳤다"고 말하고 있습니다. 이를 통해 우선 진수가 판문점에 대해서 이역감을 느끼고 있음을 알 수 있습니다. 진수가 왜 이역감을 느끼고 있는가에 대해 작품 속에서 구체적으로 설명해 주지 않지만, 그 이유를 짐작해 볼 수는 있지요.

 우선 진수가 일상의 생활 속에서 잊고 살았지만 판문점은 엄연한 분단 현실을 상징하는 것이었기 때문에 두렵고 불편했던 것이라고 생각할 수 있습니다. 또한 판문점은 남북이 적대적으로 대치하고 있는 분단 상황에서 남북 간의 접촉이 이루어지는 유일한 공간인데, 그 공간에서 진수나 다른 사람들이 어찌해 볼 수 있는 것이 없었기 때문에 이역감을 느낀 것이라고 생각할 수도 있습니다. 이러한 이역감은 꿈의 내용으로 구체화됩니다. 꿈에서 판문점은 중유 같은 물큰물큰한 액체더미가 되어 몰려오기도 하고, 우둘투둘한 바윗덩어리가 되어 달아나기도 합니다. 이때 판문점은 명확히 알 수는 없지만 부담스럽고 감당하기 힘든 것으로 그려집니다. 또한 꿈에서 판문점은 이놈 소리를 지르는 험상궂은 노인으로 나타나기도 하고, 호되게 매를 맞은 일이 있는 초등학교 때 담임 선생으로 나타나기도 합니다. 이때 판문점은 전쟁의 경험과 분단의 현실을 잊고 속물적으로 살아가는 사람들에게 현실을 일깨우는 존재로 그려집니다. 이렇게 꿈에서 나타나는 판문점은 하나의 모습이 아니라 여러 가지 성격의 복합성을 지니고 있습니다. 진수는 이러한 판문점에 쫓겨 다니는 꿈을 꾸었다고 말합니다. 이 부분은 판문점이 결코 무시할 수도, 사라질 수도 없는 공간이라는 점을 암시하고 있습니다. 이렇게 작가는 진수에게 또 우리들에게 판문점이 어떤 의미를 지니는 공간인가를 꿈을 통해 풍자적으로 그리고 있는 것이지요.

Q 진수는 형과 형수를 부정적으로 바라보고 있는 것 같은데요, 왜 그런 건가요? 그리고 형과 형수에 대한 진수의 부정적 태도가 진수가 판문점에 가는 이야기와 어떻게 연결되고 있나요?

A 진수는 형 내외와 조카, 그리고 어머니와 한집에 살고 있습니다. 그러나 이 가족은 그리 화목해 보이지 않을 뿐만 아니라 자연스러워 보이지도 않습니다. 그리고 진수는 형 내외에 대해서 부정적인 시각을 지니고 있습니다. 그것은 우선 형과 형수의 작위적이고 허위적인 모습 때문이라고 할 수 있습니다. 그러한 태도는 우선 진수가 형 내외에게 판문점에 가게 되었다는 말을 할 때 나타납니다. 형은 진수에게는 근친다운 우려의 말을 하지만 형수에게는 일부러 위엄이 있는 태도를 취하려고 합니다. 그러나 그러한 모습은 작위적인 것이지요. 사실 형은 형수와 조카만을 끔찍하게 사랑하고, 어머니와 진수에 대해서는 마땅히 해야 할 도리만을 작위적으로 하고 있으니까요. 어머니가 방에 들어와 진수에게 판문점에 대해서 물었을 때 퉁명스럽게 무안을 주는 형님의 태도에서 이 점이 나타나지요. 진수가 형님에게 치사한 구석이 있다고 하는 것도 이 때문입니다. 함께 살아가고 있지만 형과 형수 내외에게는 가족에 대한 진정성을 찾아볼 수 없습니다.

또한 진수가 형 내외에 대해서 부정적인 시각을 지니게 된 것은 이들의 속물적인 모습 때문이기도 합니다. 그러한 모습은 작품의 말미에 등장하는 파티 장면에서 찾아볼 수 있습니다. 형 내외는 조카아이의 네 돌 생일에 집에 손님들을 초대해서 전축을 틀어놓고 짝짝끼리 춤을 추며 파티를 합니다. 형 내외와 미국에 갔다 온 전무 내외가 그들대로 얼싸안고 춤을 추는 모습에 진수는 부끄럽고 쑥스러운 느낌을 받습니다. 그들의 파티와 춤은 물질적으로 안정되어 풍요롭고, 그래서 안일하게 일상에 파묻혀 사는 삶을 상징적으로 보여 주기 때문이지요. 춤을 추고 있는데 갑자기 정전이 되자 초를 켜는 것도 품위 있는 일이라고 이야기하는 모습을 그린 대목은 풍자적인 느낌을 자아내기도 합니다.

이제 형 내외에 대한 이야기가 판문점에 대한 이야기와 어떻게 연결되는 것인지 생각해 볼까요?

이 작품에서 판문점에서의 일과 서울에서의 일이 교차적으로 나타나고 있다는 점과, 형 내외에 대한 이야기가 모두 진수의 시각에서 기술되고 있다는 것에 주목해 봅시다. 진수는 판문점에서 만난 북한 여기자와의 대화에서 북한 체제와 남한 체제에 대해 모두 비판적인 태도를 취합니다. 그런데 북한 체제에 대한 비판은 분명하게 제시되어 있지만, 남한 체제에 대한 비판은 추상적으로 나타나지요. 그러한 추상적인 비판이 이어지는 서울, 형 내외의 모습을 통해서 구체화되고 있는 것입니다. 형 내외에 대한 이야기를 통해서 진수는 남한 사회의 작위성과 속물성, 물질적 풍요와 허위성 등을 보여 주는 셈이지요. 이 부분은 판문점 이야기와는 이질적인 것으로 보이지만, 형 내외의 이야기를 통해 남한에 대한 진수의 비판이 구체화되고 있다는 점에서 판문점 이야기와 연결되는 것입니다.

Q 진수는 남한과 북한 둘 다에 대해 부정적인 시각을 가지고 있다고 하셨는데요, 그에 대해 좀 더 자세히 설명해 주세요.

A 진수는 개인과 집단 이념의 관계를 바탕으로 북한을 비판하고 있습니다. 진수의 시각에서 볼 때 북한은 진보적 민주주의가 표방하는 미래에 대한 일정한 역사적 전망이라는 이름 아래 "자기조차 팽개쳐 버린 이념 덩이"만이 존재하는 체제입니다. 인간이 지닌 내면의 부피와 깊이를 무시하고 인간을 집단 효율성의 도구로 만들어 버리기 때문입니다. 즉, 진수에게 북한은 개인과 자유는 존중되지 않고 오직 집단의식과 이념만이 지배하는 사회, 인간의 자유를 나태와 타락으로만 인식하는 전체주의적인 사회로 인식되고 있는 것입니다. 진수는 북한 여기자와의 두 번째 만남에서 이러한 북한의 모습을 "모두 털어 버리고 너무너무 알맹이 알몸뚱이만 남"은 헐벗은 모습이라고 말하고 있지요.

북한 사회를 통렬하게 비판하는 진수는 북한 여기자와의 대화에서 남한 사회를 옹호하는 듯한 모습을 보입니다. 북한 여기자가 "무엇이 덕지덕지 껴묻"어 있다고 말하면서 그것을 남한의 '타락의 징조'라고 말하자 진수가 그에 대해 항변을 하는 부분이 나오는데요, 진수는 전체적으로 포착하여 명료한 것으로 보는 북한의 관점으로는 '섬세한 진실'을 포착하지 못한다고 하면서 "타락의 징조라는 것도 당사자의 경우에선 적당히 감미롭고 졸음이 오듯이 고소하고 팔다리를 주욱 펴고 있는 것" 같다고 말하고 있습니다. 이것은 개인 내면의 '섬세한 진실'과 그 진실에 기초한 자유가 중요한 의미를 지니고 있다는 것을 뜻하는 것이지요. 그러나 이것은 북한의 통제를 비판하는 대화의 연장선상에서 이루어진 것으로, 남한 사회의 '현실'을 옹호하는 것이라기보다는, 남한 사회가 지향하는 '개인의 자유'를 옹호하는 것으로 보입니다.

자유 자체에 대한 옹호와는 달리 남한 사회의 현실에 대한 진수의 시각은 부정적이고 비판적입니다. 이는 북한 여기자와의 두 번째 만남에서 드러납니다. 진수는 "너무 풍부하고 무거워서 탈"이며 남한에는 "덕지덕지한 것이 참 많이 들끓고 있"다고 말합니다. 즉, 북한에 비해 상대적으로 경제적 풍요와 자유를 누리지만 일상성에 빠져 있는 남한의 상황, 특히 경제적으로 안정된 계층의 이기적이고 타락한 모습을 비판하는 것입니다. "적당히 감미롭고 졸음이 오듯이 고소하고 팔다리를 주욱 펴고 있는 것 같"은 자유는 남한에서 이기적이고 속물적인 모습으로 나타나고 있으니까요. '덕지덕지한 것'이 들끓고 있기 때문에 진정성은 사라지고 위선적이고 작위적인 관계와 속물적인 삶만이 존재하는 것이지요. 이렇게 진수는 남북한에 대한 비판에 있어서 냉철한 균형 감각을 취하고 있습니다. 두 체제의 모습은 전혀 다르지만 진수에게는 진정한 인간다움의 가치를 상실한 체제라는 점에서 동일하게 비판되고 있는 것입니다.

Q 판문점에 다녀온 진수는 이백 년쯤 뒤 판문점은 사라지고, 판문점이라는 단어는 고어가 되어 있는 상황을 상상해 보는데요, 진수의 그러한 상상은 어떤 의미를 지니고 있나요?

A 판문점에 다녀온 날, 잠을 이루지 못하던 진수는 이백 년쯤 뒤 판문점이 어떻게 되어 있을까에 대해서 상상하게 됩니다. 판문점이

란 고어로 '板門店'이 될 것이고, 백과사전에는 1953년에 생겼다가 19XX년에 없어진 회담 장소라고 나와 있을 것이라고 생각합니다. 판문점에서 열린 '휴전 회담'이라든가 '군사 정전 회담'이 무려 5백여 회에 걸쳐 있었기 때문에 그 회담 기록 또한 엄청난 양인데, 그러한 기록이 적힌 문건이 개성 박물관에 안치되어 있다고 상상하기도 하지요. 또한 재미있는 것은 아프리카공화국에서 온 한 역사학자가 판문점에서 열린 '휴전 회담'이라든가 '군사 정전 회담'에 대해 기록해 놓은 문건들을 통독하여 그의 끈질긴 정력과 참을성에 누구나 감탄했다는 것입니다. 이렇게 이 작품에서는 5백 여 회에 걸친 회담이 있었고, 엄청난 양의 회담 기록이 남아 있다는 상상을 통하여 "한국말과 미국말과 중국말이 교차"되는 회담이라는 것이 피상적이고 형식적인 것이었음을 비판하고 있습니다. 또한 미국과 중국 등 "외국 사람까지 주역으로 끌어들여서" 열었던 그 회담이라는 것이 "얼마나 어이없는 일이었고 민족의 에너지를 쓸데없이 좀먹는 일이었던가"를 통탄하고 있습니다. 그 회담 기록 문건을 아무 관련이 없는 아프리카공화국의 역사학자가 통독하였다는 부분이나 "인류 역사의 기념비적인 익살"이라고 표현한 부분을 통해서 이러한 상황을 풍자적으로 보여 주고 있는 것입니다.

다른 한편으로는 판문점은 "북위 38도선상 근처에 있었던 해괴망측한 잡물"로 "사람으로 치면 가슴패기에 난 부스럼" 같은 것이라고 말하고 있습니다. 그러나 부스럼임에도 불구하고 그 부스럼을 지닌 사람은 불감증에 걸려 아픈 것도 느끼지 못하고 부스럼을 내버려 둔 채 멀쩡한 정상인의 행세를 하고 있다는 것입니다. 더구나 부스럼이 신기하지 않느냐고 내보이기까지 한다고 말하고 있습니다. 이것은 분단이라는 상처가 있음에도 불구하고 그것을 극복하기 위해 노력하는 것이 아니라, 그 상처에 익숙해져서 상처가 있다는 것마저 잊고 살아가는 현실을 제시하는 부분입니다. 결국 작가는 이백 년쯤 뒤의 판문점에 대한 진수의 상상을 통해, 분단을 극복하지 못하는 무의미하고 형식적인 협상 행위와 분단 현실에 대해 무감각해진 현실을 비판하고 있는 것입니다.

Q 진수와 북한 여기자의 만남을 보면, 두 사람이 생각은 많이 다르지만 이성으로서 서로 호감을 가지고 있는 것처럼 보여요. 두 사람의 만남이 지니는 의미는 무엇인가요?

A 진수와 북한 여기자는 만나서 많은 이야기를 나눕니다. 진수는 북한 여기자가 제법 말을 잘한다고 생각하기도 하고, 말이 통한다고 생각하기도 합니다. 그러나 남북 교류나 자유의 문제와 같이 체제의 문제가 결부되어 있는 주제에 대해서는 서로 상반된 입장을 내세우고 팽팽하게 대립합니다.

예를 들어, 남북 교류에 대해서 진수는, 진수와 북한 여기자의 만남이 가능하다고 하여 남북 교류가 될 것이라고 생각하는 것은 너무 소박하고 낙천적인 생각이라고 말합니다. 그러나 북한 여기자는 진수의 의식을 패배 의식과 우유부단의 소산이라고 치부하면서, 교류를 하면 교류가 되는 것이라고 주장하지요.

자유에 대한 생각도 전혀 다릅니다. 북한 여기자는 자유 이전에 정의가 있고 모랄이 있는데, 그 모랄은 민족의 나아갈 큰 방향이라고 말합니다. 그것 없는 자유는 동물적인 타락에 자기를 내맡기는 것에 불과하다는 것이지요. 반면 진수는 놀고 싶고 적당히 나쁜 짓도 하고 싶은 자유야말로 최고급이며, 그런 것이 적당히 용서가 되면서도 전체로 균형이 잡혀 있는 사회가 있다고 말합니다. 또한 지프 안에서 진수는 무엇인가 "고삐를 풀어 팽개친 연후에 겨우 남는 것", "놓여난 기분"이 바로 자유라면서 그것이 느껴지지 않느냐고 강하게 말합니다. 그러자 북한 여기자는 그것이 '썩은 냄새'이고 끝까지 경계해야 한다면서 진수에게 이끌리지 않으려고 애를 쓰다가 울음을 터뜨립니다. 이러한 대화는 바로 남북한 두 체제의 이질감을 보여 주는 것입니다. 바로 이것이 진수가 말한 '분단 현실의 리얼리티'인 셈이지요. 두 사람의 만남이 지니는 의미는 바로 여기에 있습니다. 막연하게 남북한의 화해나 분단 극복을 내세우는 것이 아니라 분단 현실을 냉철하게 직시하게 만드는 것이지요.

다른 한편으로 두 사람의 만남에는 남자와 여자의 만남이라는 측면이 존재합니다. 첫 번째 만남에서 갑자기 장대 같은 소나기가 쏟아지자 진수와 북한 여기자는 지프에 올라타 비를 피하게 됩니다. 거기서 진수는 남자 대 여자로서 북한 여기자를 대합니다. 물론 북한 여기자는 표면적으로 "이북 가시죠?"라면서 월북을 종용하지만 남녀가 함께 있다는 것을 와들와들 떨 정도로 의식하지요. 두 번째 만남에서 진수는 북한 여기자의 뒷모습을 건너다보면서 '기집애, 조만하면 쓸 만한데, 쓸 만해.'라고 생각하며 혼자 쓸쓸하게 웃지요? 그 쓸쓸함에는 북한 여기자와 이성적으로 끌리고 정서적으로도 통하는 부분이 있을 테지만 분단의 벽을 어쩔 수 없다는 생각, 즉 남북한의 현실에 대한 안타까움이 깃들어 있습니다. 이러한 두 사람의 만남에서 나타나는 정서적 교류가 남북 화해의 방향 내지는 계기를 암시한다고 볼 수도 있습니다. 즉 남자와 여자, 나아가 인간 대 인간의 소통에서 남북 화해 및 통일의 실마리를 보는 것입니다. 그러나 그 실마리는 뚜렷하게 희망으로 나타나기보다는 그러한 소통마저 가능하지 않다는 것에 대한 안타까움에서 그치고 있는 것으로 보입니다.

❋ 더 읽어 봅시다 ❋

남한과 북한 체제의 현실을 비판적으로 고찰한 작품
최인훈, 〈광장〉 _이명준이라는 인물의 체험과 사유를 통하여 남한 사회와 북한 사회의 근본적인 문제점을 비판적으로 고찰한 작품이다. 〈판문점〉에서는 1960년대 남북한의 이질적 상황이 드러나지만 그것이 분단에 대한 문제의식과 연결되어 있다. 반면, 〈광장〉은 남한의 자본주의 체제와 북한의 사회주의 체제의 본질 자체를 비판하고 있다.

작가 소개

이호철(1932 ~)

분단 현실에 대한 치열한 고민을 작품에 담다

이호철은 1955년 단편 〈탈향〉이 「문학예술」에 추천되면서 등단하였다. 이후 많은 작품을 발표하면서 이호철만의 문학 세계를 구축해 왔다. 특히 월남민으로서의 자의식은 그의 작품의 근간이 되어 남북의 현실, 그중에서도 분단 문제를 다룬 작품에서 날카로운 문제의식을 보여 주고 있다. 함경남도 원산이 고향인 이호철은 1950년 6·25 전쟁 때 월남하여 남한에 정착하였는데, 월남민으로서의 위치가 분단 현실을 탐구해 나가는 이호철 문학의 독특한 세계를 가능하게 하였던 것이다.

한편 이호철은 1970년대 이후 남한의 정치 현실에 대한 치열한 저항 정신을 가지고 자유와 민주에 대한 열망을 작품화하였다. 그는 1970년대 유신 독재라는 정치 현실에 맞서 민주화 운동에 투신하여 옥고를 치르기도 하였는데, 이러한 경험을 바탕으로 현실 비판적인 작품을 창작한 것이다. 때때로 그의 작품 세계가 비판적 리얼리즘 문학으로 명명되는 것은 이러한 이유 때문이다.

이호철 작품의 가장 큰 특징은 '객관적인 현실에 대한 구체적인 탐구'라는 방법론에서 찾을 수 있다. 그러한 방법론은 월남민으로서의 자의식이 강하게 드러나는 초기 작품들에서부터 나타나고 있다. 초기 작품 중에는 자전적인 경향을 보여 주는 소설이 많은데, 그 가운데서도 등단작인 〈탈향〉이 가장 큰 주목을 받았다. 〈탈향〉은 북한에서 남한으로 월남한 직후, 낯선 땅 부산에서 생존해야 하는 인물들이 어떠한 심리적 변화를 겪게 되는가를 섬세하게 그리고 있다. 특히 주인공이 동향 친구들과 결별하는 결말은 전쟁 이전의 삶과 결별하고 전쟁 이후의 삶을 향해 새롭게 출발하는 지점을 보여 주는 것이라고 할 수 있다. 그리하여 이 작품은 기존의 전후 문학이 추구했던 맹목적인 휴머니즘이나 이데올로기에 대한 지향성을 벗어나 전후 현실을 직시하게 만든다. 말하자면 〈탈향〉은 1950년대 전후 문학의 일반적인 경향과 결별하고, 현실을 객관적으로 바라보는 새로운 작가의 탄생을 보여 준 작품이라고 할 수 있다.

이호철이 보여 주기 시작한 객관적인 현실에 대한 구체적인 탐구의 방법론은 〈소시민〉이라는 작품을 통해 빛을 발하게 된다. 1964년에서 1965년까지 「세대」에 연재되었던 장편 〈소시민〉에는 작가가 월남한 직후 부산에서 부두 노동자나 제면소 조수 등으로 일하면서 남한에서 살아남기 위해 겪었던 치열한 생존 경험이 녹아 있다. 그러나 이 작품은 작가의 자전적인 경험에 머물지 않고 객관적인 현실에 대한 치열한 탐구를 통해 새로운 문학 세계를 이루어 내고 있다. 즉, 전쟁 직후의 부산의 작은 제면소를 배경으로 전후의 소용돌이치는 혼란상을 형상화하면서 전쟁의 후유증에서 벗어나 1970년대로 향하는 폭발적인 근대화의 방향성을 보여 주고 있는 것이다. 이러한 맥락에서 〈소시민〉은 개인의 삶을 통해 사회 현실의 구체적인 모습을 드러냄으로써 전후 현실에 대한 객관적이고 구체적인 탐구를 소설화한 작품으로 평가받고 있다. 그러나 1966년에 발표된 〈서울은 만원이다〉와 같은 장편들은 일상성과 구체성에 사로잡혀, 사회 현실의 모습을 전체적으로 조망하지 못하는 모습을 보이기도 하였다.

이호철 작품의 또 다른 특징은 그의 작품이 분단 문학을 대표한다는 점이다. 이는 이호철이 남북의 현실과 분단의 문제를 형상화한 작품을 많이 발표했다는 뜻이기도 하고, 분단 문제에 대한 문학적 성취가 뛰어나다는 뜻이기도 하다. 이러한 문학적 성취를 가장 잘 보여 주는 작품이 1961년에 발표된 〈판문점〉이다. 남북의 분단을 상징하는 공간인 '판문점'을 배경으로 하고 있는 이 작품은, 판문점에서 만난 남북한 기자의 대화를 통해서 남한과 북한의 대립적 상황을 제시하고 있다. 많은 분단 문학 작품들이 분단의 아픔을 그리거나 통일에 대한 열망을 담고 있음에 반해, 이 작품은 오히려 남북한 체제의 이질성과 소통 불가능성을 그리고 있다는 점에서 차이를 보인다. 남한과 북한의 현실에 내재한 부조리함을 분단 현실과 연결시켜 드러냄으로써 분단 현실의 문제를 냉철하리만큼 객관적으로 제시하고 있는 것이다. 〈판문점〉 외에도 1950년에 인민군에 동원되었다가 국군의 포로로 잡혀 풀려나기까지의 체험을 남북 분단이라는 시각에서 형상화한 연작 소설 〈남녘 사람 북녘 사람〉도 분단 문학을 대표하는 작품이다.

이호철 작품의 대표작 가운데 하나인 〈닳아지는 살들〉도 분단 문학의 계보를 잇는 소설로 볼 수 있다. 북으로 시집간 딸이 남북 분단으로 인해 돌아올 수 없게 되었다는 상황과, 그로 인해 한 가정이 급속한 해체를 겪는 과정을 형상화하고 있기 때문이다. 특히 이 작품은 '꽝 당 꽝 당'이라는 소리를 통해서 전쟁과 분단으로 인한 고통과 비극을 상징하기도 한다. 그러나 이 작품을 분단의 아픔을 그린 것으로만 볼 수는 없다. 가족의 소통 부재와 해체가 1960년대 이후 이루어진 근대화로 인해 나타난 것이라는 점에서 볼 때, 이 작품을 산업화와 근대화의 과정에서 나타나는 인간 소외의 문제를 다룬 것으로 이해할 수도 있기 때문이다.

이호철은 1950년대에서 2000년대에 이르기까지 많은 소설을 발표한 작가이다. 때문에 객관적인 현실에 대한 구체적 탐구라는 방법론이나 분단 문학이라는 몇 마디의 말로 그의 작품 모두를 설명할 수는 없다. 그러나 분명한 것은 이호철의 문학 세계가 월남민으로서 남한에 자리 잡기 위한 자기 자신과 분단된 한국 사회의 현실에 대한 치열한 고민을 담고 있다는 것이다. 그 치열한 고민이 있었기 때문에 개인과 사회가 만나는 본질적 지점을 소설화할 수 있었을 것이다. 또한 그의 작품이 개인의 체험과 고민에서 시작되었기 때문에 분단의 현실을 그리면서도 막연한 추상과 당위로 흐르지 않을 수 있었을 것이다. 현실을 바라보는 객관적이고 비판적인 관점과 구체적인 형상화의 힘, 그리고 인물의 심리를 놓치지 않는 작가적 섬세함의 결합, 이것이 그의 문학을 받치고 있는 힘이자 그의 문학의 의의가 아닐까 한다.

연보

1932년 _ 3월 15일 현 함경남도 원산시 현동에서 아버지 이찬용과 어머니 박정화 사이의 장남으로 태어남.

1939년 _ 갈마국민학교에 입학함.

1945년 _ 원산공립중학교에 입학함. 해방을 맞이하여 한길중학교로 개편됨.

1950년 _ 고등학교 3학년 때 인민군에 동원되었다가 국군 포로가 됨. 포로에서 풀려나서 그해 12월에 만 18세의 나이에 혈혈단신으로 월남함.

부산에서 부두 노동자, 제면소 직공 등을 전전하다가 동래 온천장 미군 기관의 경비원으로 들어감.

1953년 _ 서울로 상경함.

효창동의 KRD라는 미군 기관 경비원으로 들어감.

1954년 _ 미군 기관 KRD의 혜화동 경비로 근무함.

1955년 _ 단편 〈탈향〉이 「문학예술」 7월호에 추천되어 등단함.

1956년 _ 단편 〈나상〉이 「문학예술」 1월호에 추천 완료됨.

1957년 _ 단편 〈부동하는 군상〉을 「현대문학」에 발표함.

1958년 _ 단편 〈짙은 노을〉, 〈여분의 인간들〉 등을 「사상계」에 발표함.

1959년 _ 단편 〈탈각〉, 〈파열구〉를 「사상계」에, 〈만조〉를 「신문예」에 발표함.

1960년 _ 단편 〈아침〉을 「현대문학」에, 〈권태〉를 「새벽」에 발표함.

판문점 회담을 참관함.

1961년 _ 단편 〈판문점〉을 「사상계」에 발표함.

전후문학인협회 2대 대표간사를 역임함.

첫 단편집 『나상』(사상계사)을 출간함.

〈판문점〉으로 제7회 현대문학상을 수상함.

1962년 _ 단편 〈닳아지는 살들〉을 「사상계」에 발표하고, 이 작품으로 제7회 동인문학상을 수상함.

1963년 _ 단편 〈무너앉는 소리〉를 「현대문학」에, 〈마지막 향연〉을 「사상계」에 발표함.

장편 〈인생 대리점(후에 '석양'으로 개제)〉을 「경향신문」에 연재함.

1964년 _ 장편 〈소시민〉을 「세대」에 연재함.

1965년 _ 「창작과비평」 창간에 참여함.

단편 〈1965년, 어느 이발소에서〉를 「창작과비평」에 발표함.

단편 〈부시장, 임지로 안 가다〉를 「사상계」에 발표함.

1966년 _ 장편 〈서울은 만원이다〉를 「동아일보」에 연재함.

1967년 _ 중편 〈우국회사〉를 「중앙일보」에 발표함.

조민자 씨와 결혼함.

1968년 _ 〈흰새벽〉을 「월간중앙」에 발표함.

장편 『공복사회』(홍익출판사)를 출간함.

1969년 _ 단편 〈역리가(후에 '1기 졸업생 3'으로 개제)〉를 「월간중앙」에 발표함.

1970년 _ 단편 〈토요일〉을 「월간중앙」에, 〈큰 산〉을 「월간문학」에 발표함.

중편 〈자살클럽(후에 '1970년의 죽음'으로 개제)〉을 「여성중앙」에, 장편 〈재미있는 세상〉을 「한국일보」에 각각 연재함.

서라벌예술대학(현 중앙대학교 예술대학) 문예창작과에 출강함.

1971년 _ 4월부터 재야 민주화 운동의 효시인 민주수호국민협의회 운영위원으로 참가함.

장편 〈남풍북풍〉을 「월간중앙」에 연재함.

1972년 _ 단편 〈여벌집〉을 「월간중앙」에, 〈이단자 1〉을 「월간문학」에, 〈이단자 2〉를 「신동아」에 발표함.

단편집 『큰 산』(정음사)을 출간함.

국제펜클럽 주최의 일본문학 심포지엄에 참가함.

1973년 _ 민주수호국민협의회 시국 성명에 참여함.

'개헌청원 1백만인 서명'의 발기인으로 동참함.

장편 〈역려〉를 「한국문학」에 연재함.

1974년 _ 유신 반대 '61인 문인 시국 성명'을 진행하여 자택 구금되었다가 소위 '문인 간첩단 사건'으로 국가보안법 위반 혐의로 1월부터 10월까지 옥고를 치름.

1975년 _ 단편집 『닳아지는 살들』(삼중당)을 출간함.

1976년 _ 단편 〈생일 초대〉를 「문학사상」에, 〈문〉을 「창작과비평」에 발표함.

단편집 『이단자』(창작과비평사)를 출간함.

1977년 _ 단편 〈도주〉를 「창작과비평」에, 〈반상회〉를 「문학사상」에 발표함.

장편 〈그 겨울의 긴 계곡〉을 「한국문학」에 4회에 나누어 실음.

작품집 『1970년의 죽음』(열화당)과 장편 『남풍북풍』(현암사)을 출간함.

1978년 _ 장편 『그 겨울의 긴 계곡』(현암사)과 『재미있는 세상』(한진출판사)을 출간함.

원주에서 '김지하 석방 기도회'에 참가함.

1979년 _ YMCA 위장 결혼식 모임에 참가함.

1980년 _ 반 전두환 '지식인 134인 시국 성언'을 결행함. 5월 17일 자정에 연행되어 남산 지하실에서 2개월간 조사받음.
단편 〈새해 즐거운 이야기〉를 「창작과비평」에 발표함.
단편집 『밤바람 소리』(한진출판사)를 출간함.
1981년 _ 단편집 『문』(민음사)과 작품집 『월남한 사람들』(심설당)을 출간함.
1984년 _ 단편 〈천상천하〉를 「문예중앙」에, 〈남에서 온 사람들〉을 『창작과비평 신작 소설집』에 발표함.
〈물은 흘러서 강〉을 「마당」에 연재하고, 창작과비평사에서 단행본으로 출간함.
1985년 _ 자유실천문인협의회 대표에 취임함.
〈칠흑 어둠 속 질주〉를 『창작과비평 신작 소설집』에, 단편 〈밀려나는 사람들〉을 「실천문학」에 발표함.
1986년 _ 이호철 문학 30주년 기념 작품집 『천상천하』(산하)를 출간함.
『까레이우라』(한겨레)를 출간함.
자유실천문인협의회 주최 민족문학교실 강좌를 개설함.
1987년 _ 자유실천문인협의회 주최로 4·13 조치에 대한 '문학인 194인의 견해' 발표를 주도함.
1988년 _ 장편 〈네 겹 두른 족속들〉을 「월간경향」에 연재함.
장편 〈문〉을 「문예중앙」에 나누어 실음.
일본 이와나미 서점의 『한국단편소설선』에 〈닳아지는 살들〉을 번역 수록됨.
『이호철 전집』(청계출판사) 전12권을 출간함.
1989년 _ 대한민국문학상 본상을 수상함.
국제펜클럽 캐나다 토론토 회의에 참가함.
연변 조선족 자치주에 조선족 문학학원을 설립하기 위한 '연변 조선족 작가의 집 설립 추진위원회' 결성을 주도함.

1990년 _ 칼럼집 『요철과 지그재그론』(푸른숲)을 출간함.

1991년 _ 단편 〈살〉을 발표함.

약 2개월간 유럽 취재 여행을 함.

자선 대표 작품집 『소슬한 밤의 이야기』(청아출판사)를 출간함.

1992년 _ 장편 『개화와 척사』(민족문학사)를 출간함.

대한민국 예술원 회원으로 뽑힘.

1993년 _ 단편 〈보고드리옵니다〉를 「문예」에 발표함.

장편 〈사람, 바람, 사람〉을 「문학사상」에 연재함.

산문집 『세기말의 사상 기행』(민음사)을 출간함.

1994년 _ 칼럼집 『희망의 거처』(미래사), 문학비망록 『산 울리는 소리』(정우사)를 출간함.

평화통일자문회의 문화분과위원장과 방송위원으로 뽑힘.

「한국문학」의 주간을 맡음.

1995년 _ 러시아에서 출간된 『한국 단편 7인선』에 〈닳아지는 살들〉을 수록함.

1996년 _ 연작 소설 『남녘 사람 북녘 사람』으로 대산문학상을 수상함.

전 세계 17개국에서 한민족 문학인들 1백여 명이 참석한 '한민족문학인대회'를 주도하고, 국내 문인을 대표하여 발제 강연을 함.

'한국민족예술인총연합' 기관지에 〈헌병소사〉를 발표함.

1997년 _ 프랑스에 출간된 『한국 단편 15인선』에 〈큰 산〉을 수록함.

1998년 _ 동아일보의 취재진 일원으로 판문점 현장을 취재함.

대한민국예술원상을 수상함.

1999년 _ 단편 〈이산타령 친족타령〉을 「라쁠륨」에, 〈사람들 속내 천야만야〉를 「창작과비평」에, 〈탈각〉을 「한국문학」에 발표함.

폴란드에서 『남녘 사람 북녘 사람』의 번역본을 출간함. 이후 일본, 독일, 프랑스, 중국, 스페인 등에서 번역본을 출간함.

2000년 _ 단편 〈용암류〉를 「내일을 여는 작가」에 발표함.

멕시코에서 장편 『소시민』의 스페인 어 번역판을 출간함.

2001년 _ 고희 기념으로 『이호철 문학선집』(국학자료원) 전7권을 출간함.

2003년 _ 독일 베를린에서 열린 '세계문학 페스티벌'에 한국 문인 대표로 참석함.

2004년 _ 〈동베를린 일별기행〉을 「창작과 비평」에 발표함.

안삼환 교수와 베를린, 라이프치히, 예나, 에어푸르트 등 구동독 지역을 돌며 순회 강연을 함. 순회 도중 예나 대학에서 프리드리히 쉴러 메달을 수여받음.

『소시민』의 독일어 번역판을 출간함.

2005년 _ 프랑스에서 단편집 『빈 골짜기』 프랑스 어 번역판이 출간됨. 미국 컬럼비아 대학에서 캐나다 브리티시 컬럼비아대 브루스 풀턴 교수와 서울대 권영민 교수의 공동 편집으로 출간된 『The Columbia Anthology of Modern Korean Fiction(한국 현대 소설 선집)』에 단편 〈탈향〉이 번역 수록됨.

2010년 _ 2006년부터 2008년까지 분단문학포럼 주관으로 2년여에 걸쳐 진행된 이호철 소설 독회의 녹취록을 정리한 『선유리』(미뉴엣)가 출간됨.

2011년 _ 팔순 기념으로 동료 문인, 친구, 등산 멤버, 지인, 제자들의 글을 모은 기념문집 『큰산과 나』(국학자료원)가 출간됨.

〈이호철의 문단골 60년 이야기〉를 「한국일보」에 연재함.

2012년 _ 삼일문화재단에서 수여하는 제53회 3·1 문화상 예술 부문을 수상함.